Rumi 以第三隻眼看世界

魯米（Rumi）是十三世紀伊斯蘭蘇菲教的重要詩人。他的作品於十九世紀始被引介到西方世界。至今已被公認為世界文學中的珍貴瑰寶。

他的書是今天盛行的新時代（New Age）暢銷書。

他的詩歌更被譜成樂曲，風行世界。

台灣的讀者，對他的認識是空白的。

本書的出版，將如魯米詩中所說的：

讓我們以第三隻眼來看世界。

魯米的詩所表達的是人類永恆不變的共通真理。這個真理在中國的老莊思想中看得到，在印度的宗教思想中看得到，更是在基督宗教的世界中看得到。正如本書英譯者科爾曼・巴克斯（Coleman Barks）教授所說，魯米的詩歌正如中國的道家在朋友喪禮中施放的鞭炮。

魯米的詩，隨處閃現生命智慧的靈光，既是空靈的，又是現世的，例如：

讓自己成為一個不名譽的人，
飲下你所有的激情。

閉起雙眼，以第三隻眼睛觀物，
伸出雙臂，要是你希望被擁抱的話。

他的胸懷何其豪放、寬闊；例如：

我們有一大桶葡萄酒，卻沒有杯子，
棒極了，
每晨，我們兩頰飛紅一次，
每夜，我們兩頰再飛紅一次。

這鎮裡的人，既愛醉漢，也愛警伯，
愛他們，如愛兩枚不同的棋子。

讀魯米的詩，除品賞其文字的優美，且亦閱讀他的深邃智慧。誠如他告訴我們：

任何你每天持之以恆在做的事情，
都可以為你打開一扇通向精神深處，
通向自由的門。

科爾曼・巴克斯Coleman Barks｜英譯者簡介
翻譯過數本魯米的作品，公認是魯米在英語世界的主要詮釋者。在美國喬治亞大學教授詩歌文學課程長達三十年。

梁永安｜中譯者簡介
台灣大學文化人類學學士、哲學碩士，東海大學哲學博士班肄業。目前為專業翻譯者，共完成約近百本譯著，包括《文化與抵抗》（Culture and Resistance / Edward W. Said）、《啟蒙運動》（The Enlightenment / Peter Gay）、《現代主義》（Modernism：The Lure of Heresy / Peter Gay）等。

新世紀叢書

當代重要思潮・人文心靈・宗教・社會文化關懷

作　者◎魯米Rumi
英譯者◎科爾曼・巴克斯Coleman Barks
中譯者◎梁永安

魯米詩篇：在春天走進果園

目錄

〈書評〉

智慧無古今之別，天才却有大小之分
——中古波斯詩人魯米評贊

◎何懷碩（國立藝術學院藝術系教授）

魯米（Rumi 1207-1273）的詩歌給人強烈的驚喜與感動。即使是由英譯轉中譯，魯米的構思與想像的大智慧穿透了任何文字的障礙，譯文同樣都是佳作。這正像美人胚子不論穿上什麼衣裳，都風姿綽約。中譯是前此為立緒出版社翻譯膾炙人口的《孤獨》一書的梁永安先生。

這是一本少有的好書。

讀了魯米的詩歌，引發我兩點感想：**世界上一切最傑出的文學藝術作品都有相同的素質。那就是深刻的內涵，強烈撥動我們心弦的共鳴，想像的飛躍，心靈的廣袤與自由，令人驚喜的創造性的思路與表現手法。**

其次，不免使我想到我們長期以來所關注與膜拜的太偏向西方文化了。對自己的文化日漸冷漠，對於回教文化，更是漠視甚至歧視。我們的文化視野與文化胸襟實在過於狹隘而功利。就西方文化而言，我們也只熱衷西方現代的科技、商業與消費文化，對西方的古典，也很少用心。

魯米是八個世紀之前伊斯蘭神秘主義中「蘇菲派」的大詩人。**神秘主義認為「多」只是幻，「一」才是真。其實最高的宗教**

思想與哲學相通。中國哲學的「道」、西方的「理念」、佛家的「真如」、回教的「真主」都是以最高的、永恆不變的、本質的、普遍的、抽象的原理來把握變動不居、駁雜萬殊、感官所及的具體的現象界。所以，要追求最高的真，便需拋棄私心俗念，摒除肉身的感覺，消除人我與物我的界限，進入天地的真心，與宇宙的本源合一。這是宗教、哲學、藝術與生命的最高境界。魯米的詩歌就在弘揚這境界。

魯米的詩歌令人驚奇的地方，在於完全不在說教。他的心靈之開放、開明，一點也不迂執；他的狂想與即興式的歌咏，毫無禁忌；他的幽默、慧黠乃至嘲謔，使你感受到一個活潑的心靈的蹦跳；他那些豐富美妙、富於隱喻的故事，以及他在旁白中的開示，如醍醐灌頂，使人豁然開竅，在會心莞爾或開懷大笑中獲得人生的啟示。**他用簡樸而晶瑩的短句，別闢蹊徑的思考方式，打開你心中生銹的門窗，讓靈光排闥直入你的心房。智慧無古今之別，天才却有大小之分。魯米令人折服。**

這本詩集的妙篇佳句太多，我只舉第十五章「二尾魚：為愛豪賭」為例。在湖裡，有聰明、普通與愚笨的三尾魚。漁人來了，聰明的魚決計奔赴大海。「穆罕默德說過：愛我們的家鄉，／是我們信仰的一部分。／千萬不要按字面理解這句話！／你真正的『家鄉』，是你要前赴的目的地，／不是你現在的住所。」普通的那尾魚錯失良機，沒與聰明魚一起逃走。魯米說「不要為已過去的事後悔。」普通魚急中裝死而逃過一劫。而那尾笨魚被捉，並被丟入煎鍋，心想「要是能活着離開這裡，／我決心不會再回到那狹隘的湖中。／我要到大海裡去！／我要以無限為家。」

笨魚既無大志，又無急智，終於難逃厄運。詩中還穿插其他精警的寓言，恕不詳說。

魯米的詩歌中美妙而富啟發性的佳句與許多有深意的故事，使我們原來魯鈍的智慧倏忽間給魯米磨利了。沒有讀過他的詩歌，你將不知道創造性的心靈能夠閃爍出何等的光輝。那是多麼遺憾！（魯米《在春天走進果園》，立緒出版社一九九八年二月）

〈本書介紹〉①／立緒文化編輯部

伊斯蘭神祕主義重要詩人
Rumi/魯米
以第三隻眼看世界

魯米（Rumi）是十三世紀伊斯蘭神祕主義的重要詩人。他的作品於十九世紀始被引介到西方世界。被許多歷史學家和現代文學家視為人類歷史上影響力最大的詩人兼哲學家之一，其歷史地位與中國的李白、杜甫，西方的但丁、莎士比亞媲美，已被公認為世界文學中的珍貴瑰寶。

九〇年代以來，西方興起了對魯米詩歌頌讀的熱潮，其詩集因而成為暢銷書。

他的詩也被譜成樂曲，風行世界。但是台灣的讀者，對他的認識是空白的。在此，我們特別推薦。

本書的出版，將如魯米詩中所說的：

讓我們以第三隻眼來看世界。

魯米的詩所表達的是人類永恆不變的共同真理。這個真理無論是在基督宗教的世界中看得到，在印度的宗教思想中看得到，更是在中國的老莊思想中看得到。正如巴克斯教授所說，魯米的詩歌正如中國的道家在朋友喪禮中施放的鞭炮。

魯米的詩，隨處閃現生命智慧的靈光，既是空靈的，又是現世的，例如：

讓自己成為一個不名譽的人，
飲下你所有的激情。

閉起雙眼，以第三隻眼睛觀物，
伸出雙臂，要是你希望被擁抱的話。

他的胸懷何其豪放、寬闊；例如：

我們有一大桶葡萄酒，卻沒有杯子
棒極了，
每晨，我們兩頰飛紅一次，
每夜，我們兩頰再飛紅一次。

這鎮裏的人，既愛醉漢，也愛警伯
愛他們，如愛兩枚不同的棋子

讀魯米的詩，除品賞其文字的優美，且亦閱讀他深邃的智慧。誠如他告訴我們：

任何你每天持之以恆在做的事情，都可以為你打開一扇通向精神深處，通向自由的門。

本書由美國巴克斯教授英譯，他被公認是魯米在英語世界中的主要詮釋人。中譯梁永安先生，譯文也十分優美。

〈本書介紹〉②

Rumi／魯米
其人、其作品及其思想傳承

◎蔡源林（佛光大學比較宗教學研究所教授）

伊斯蘭文明的光輝曾經照耀中古世界達六個世紀之久。當中國的唐帝國文明已漸趨沒落，而西方世界尚未脫離「黑暗時代」的封閉狀態之際，信仰伊斯蘭教的諸民族：阿拉伯人、波斯人及土耳其人，扮演著匯通東西文明的橋樑角色，使伊斯蘭文化在中古後期佔據一支獨秀、獨霸世界的地位。

伊斯蘭傳統蘊育下的神學、哲學、科學、藝術與教育制度等，不但為西方世界保留了希臘羅馬文化的遺產，並將其發揚光大後的成果擴散到西方基督宗教世界，而促成歐洲中古末期經院（Scholastic）教育及學術的發展及文藝復興時期古典文化的再生，使得因戰亂與封建制度的凋蔽而至文化落後的歐洲社會得以啟蒙而間接促成現代化；而且，伊斯蘭教的旅行家、朝聖者及商人，以其冒險精神及航海能力打通了東西貿易的孔道，從中國的泉州和廣州，經印度、波斯灣沿岸，遠至西班牙及摩洛哥，無處不有伊斯蘭教徒的蹤跡，故他們扮演東西方貿易中介者的角色，遠早於中國的鄭和下西洋及西方的海外拓殖及新航路的發現。

因為體認到伊斯蘭文化遺產對西方世界的重要性，故西方學

術界早在十八世紀開始已有專門的伊斯蘭研究，系統性的研究翻譯中古伊斯蘭文化的偉大神學、法律、科學、哲學及文學作品。在這其中，魯米的詩作大概是所有伊斯蘭詩人中最早有歐文翻譯者之一，從十九世紀初的德文翻譯，到今天在美國的「新世代」(New Age) 暢銷書架上，都還可看到魯米的作品，故魯米詩集已成為世界文學的永恆遺產之一部。

但在台灣，因為對伊斯蘭文化的研究從未真正開始，對其具代表性的文學作品裏有中文翻譯者實寥寥可數，大概只有《一千零一夜》及《魯拜集》等，故對像魯米這樣重要的大詩人，台灣讀者恐怕都還很陌生。

魯米和阿塔爾、薩納依並稱中世紀波斯三大詩人。後兩人以長篇史詩著稱，而魯米則以短小抒情詩聞名，其三人之地位如同中國古典詩中的李杜一般。而魯米的狂想式及即興式的天才創作，確有點近似李白，這兩人的相似點為，常以醇酒及音樂為媒介來表現其自由揮灑，豪放不拘的個性。但如此的比較不應造成誤導，究竟李白所處的唐朝文化及魯米所處的中世紀伊斯蘭文化是相當不同的。深入了解魯米所置身的時代背景，及思想文化脈絡是理解其詩作所必須的。

魯米個人的生命及其所處的大時代，都像其詩作一樣，充滿戲劇性。在歷經了阿拔斯王朝中期近兩百多年的盛世後，伊斯蘭帝國早因塞爾柱土耳其人的入侵而分崩離析了，雖然伊斯蘭文化能逐漸同化土耳其人而使其注入新的活力，但哈里發中央政權對地方的諸侯毫無權威可言，有時竟成為強大軍閥操縱的傀儡，這情形一直持續到魯米所生長的十三世紀初，就在這哈里發帝國危機的時期，全伊斯蘭世界遭遇到歷史上空前的大災難——蒙古西征。當伊斯蘭教徒在近東地區以其強大的軍隊擊退來犯的基督教十字軍之際，料想不到在遠東其帝國後門突然出現了一大批不知名的凶猛異族入侵。蒙古騎兵橫掃中亞，所到之處燒殺虜掠，許多中世紀著名的伊斯蘭古城，包括撒馬爾干、布哈拉和魯米的故鄉——巴爾赫（Balkh）都被蒙古人夷為平地。魯米的家庭幸運地因麥加朝聖之旅，在成吉思汗軍隊占領之前幾年就已經遷移，故逃過蒙古人的屠殺。最後，魯米家庭流亡至土耳其中部安那托利亞高原的孔雅（Conya）定居。而土耳其傭兵團在近東地區抵禦了蒙古騎兵，故使近東地區成為在蒙古西征期間伊斯蘭教徒的避難所。其時哈里發帝國的首都巴格達已被蒙古人攻下，哈里發本人被殺害，而阿拔斯王朝的結束，也宣告伊斯蘭帝國大一統的局面從此不再能夠恢復。魯米的一生就是在蒙古西征的動亂中渡過。

魯米像他同時代的其他伊斯蘭學者一樣，接受完整的清真寺院教育，學習伊斯蘭教法學、神學、文法修辭、哲學與科學，並從事蘇菲派（Sufism）神秘主義的修行。故**其詩歌反映了知識上的廣度及宗教體驗上的深度，是波斯詩文及伊斯蘭神秘主義兩大傳統匯合的結晶**。在他的詩作中，我們可以找到當時所流行的蘇菲修行者宗教經驗的再現。他善用《古蘭經》（或稱《可蘭經》）和前代詩人的寓言故事及比喻來開展其主題，但這些典故借用卻被轉化為一種魯米式的狂想變奏，使人拍案叫絕。他偏好將舞蹈及音樂的韻律溶入詩歌，故其詩韻不只表現在韻腳上，且展示在字句的抑揚頓挫中，當然這些聲韻特質不可能在翻譯中再現，但其豐富的詩性意象仍可從譯品中得窺其堂奧。據云，魯米可以因著鄰舍金匠的敲擊聲和水磨的淅瀝聲而翩然起舞，詩興大發而創作。舞蹈，對魯米而言是一種崇高的生命律動，是可與宇宙星辰運轉及天使翱翔之運動相呼應的。

魯米詩作思想的宗教傳承是相當複雜的。處在近東地區基督教、猶太教及伊斯蘭教三大宗教文明及希臘異教傳統的交接地帶**，故希臘哲學及新舊約故事的主題亦可見於其詩作的豐富典故之中，也因此魯米比其他詩人更能具體表現中世紀伊斯蘭文明的普世精神及文化調和主義，故其作品亦能深深震撼基督宗教傳統下的西方知識分子。**

無論如何，構成魯米詩人靈魂核心的乃是伊斯蘭的蘇菲神秘主義。早期蘇菲派大師的宗教經驗被魯米採用做為人類追求精神超越及終極救贖的象徵。哈拉智(Hallaj ?-922)這位為真主的神聖之愛而犧牲的蘇菲派詩人及殉道者，對魯米而言成為通過死亡而再生的最佳象徵，並具體實踐了穆罕默德先知聖訓的名言：**「在你死前死去。」** (Die before you die) 對伊斯蘭教徒而言，死亡只是從今世通往來世的過渡，而真主安拉才是人生的最終歸宿，今世的功修只是為來世天堂的永生及真主無限的恩賜做準備而已。對蘇菲修行者而言，肉體死亡不但只是暫時的結束而已，還是一個契機，使人看破世俗榮華富貴的虛幻性，以積極追求真主永恆國度的機會。因此，**魯米告訴我們：「真主提供一項最佳的交易：祂買走你們那污穢的榮華富貴而施予你們靈性之光；祂買走這腐朽冰涼的肉體而賜予一個超乎想像的國度。」**熟悉《古蘭經》

的人都知道魯米這裏使用經文上交易的比喻來說明人生的真諦。**魯米以詩的語言表達了蘇菲主義對伊斯蘭教面對死亡，參悟死亡，從而超克死亡之人生意境的詮釋。**

蘇菲派的修行主要依循伊斯蘭教法 (Shari'a) 的基本功修並實踐清貧禁慾的生活方式，以達到「自我消解」(fana) 的境界，由歷經不同的心靈狀態或階段，而達到「非存有」(non-existence) 的境界，最終體悟到「非存有」乃真主安拉的神聖本質之一而完成「與真主合而為一」(baqa)。這是人類精神透過不斷自我消解與再生的超越歷程，魯米有一首詩作具體表現這個蘇菲的精神旅程：

我像礦物般死去而變成植物；
我像植物般死去而長成動物；
我像動物般死去而成為人。
為何我要恐懼？
何時我因死去而下降？
然而，再一次我將像人般死去，
而與被祝福的天使共翱翔；
甚且，我將通過天使的境界而向前邁進：
除了真主之外，一切終將毀滅。
當我犧牲了天使般的靈魂，
我將變成那任何心靈都無法看透者。
哦！讓我不存在，因為，
非存有以一種管風琴的聲調宣告

我們終將歸向祂。

本世紀初，伊斯蘭的現代主義學者竟附會地詮釋這首詩為魯米比達爾文更早六百年宣告了生物進化論。其實，科學的進化論甚至還沒搞清楚人的精神靈性活動是怎麼進化出來的呢！對蘇菲派修行者而言，生命中的痛苦及終極的痛苦——死亡，都指向真主的恩賜與愛，是人性成熟完美的必然條件，而**魯米的詩作擅長以日常事物來象徵人類經由苦難折磨而終抵完美的存在情境，使人倍覺親切。**

魯米的兩部詩集——《詩篇》（*Diwan*）和《智慧律詩》（*Mathnawi*），在他逝世後，即已傳遍西起土耳其，東至印度的廣大伊斯蘭地區。其門徒在魯米的孔雅出生地建立了「梅夫拉維」(Merlevi)教團，以發揮魯米以音樂舞蹈做為蘇菲修行法門的教導，該教團並受後來之鄂圖曼土耳其帝國之獎掖。透過鄂圖曼帝國，魯米的詩作傳入西方世界而為十九世紀歐洲東方學者所熟知。

〈本書介紹〉③／英譯者：Coleman Barks

關於魯米（Rumi）

波斯人和阿富汗人稱魯米為賈拉爾丁・巴爾赫（Jelaluddin Balkhi）。魯米一二〇七年的十月三十日出生於阿富汗斯坦的巴爾赫（Balkh），當時，阿富汗斯坦仍是波斯帝國的一部分。「魯米」一詞的原意為「家在安納托利亞羅馬屬地的人」①。當然，人們會用這個名字稱呼他，是在魯米的家族為逃避蒙古人入侵而遷往土耳其的孔雅（Konya）以後的事。魯米的父親巴哈歐丁・瓦拉德（Bahauddin Walad）是個神學家、法官，也是某個支派的神秘主義者，著有《暮禱》（*Maarif*）一書。《暮禱》由一些札記、日記式文字、講道詞和對視覺經驗的奇特闡釋所構成，很多傳統學者在接觸到這本書的時候，都倍感震撼。魯米自小受教於他父親的門生布漢魯丁・馬哈奎克（Burhanuddin Mahaqqiq），學習父親的神秘體驗；他們也一起研讀薩納依②和阿塔爾③的詩歌。父親死後，魯米接替他成為孔雅一個蘇菲教團的謝赫（即導師）④。魯米似乎一直都是過著單純的學者型宗教家生活（教導徒眾、沈思冥想和扶弱濟貧），這種情形到了一二四四年秋末一個陌生人登門造訪之後才發生了變化。來訪的陌生人名叫夏姆斯（Shams of Tabriz），是個托缽僧，他一直在中東地區四處流浪，為的是尋找一個「恆久的摯友」。據說，在流浪期間，有一天，一個聲音臨在他身上：「如果我讓你找到你要找的人，你會以什麼為報？」「我的頭。」「你要找的人就是巴爾赫的賈拉爾丁。」

夏姆斯見到魯米以後，問了一個問題，立刻讓博學多識的魯米昏厥在地。夏姆斯當時問的是什麼問題，現已無法確知，但據其中比較可靠的一個說法，他當時問的是：「穆罕默德和比斯塔米⑤哪一個比較偉大？」夏姆斯會有此一問，是因為比斯塔米曾經說過：「我的榮寵何等盛大」，反觀穆罕默德則曾在禱告時向真主承認自己的不足：「我們未能如應有那樣認識你。」

魯米意識到夏姆斯的問題有多難，才會昏厥在地。不過，魯米最後還是把答案給想了出來：穆罕默德比較偉大，因為比斯塔米雖然一度親近過真主，卻就此停步不前，但穆罕默德卻從來沒有停下過自己的追尋。有關夏姆斯和魯米初次見面的情形，眾說紛紜，但有一件事情卻是可以確定的：他們一見如故，成為不可須臾分離的朋友。夏姆斯和魯米的友誼近乎是一個奧祕。他們可以連續幾個月幾乎不吃不喝也不睡，坐在一起進行玄奧的晤談。這種忘形的連結招來了妒意，魯米的門人弟子都因為自己的被忽略而感到忿忿不平。夏姆斯意識到問題的嚴重性，於是悄悄離開了魯米；他的離開就跟他的出現一樣突然。據研究魯米的作品長達四十年的學者史梅爾(Annemarie Schimmel)指出，似乎正是在夏姆斯的不告而別以後，魯米才開始成為一位神秘主義詩人，「他開始寫詩，一小時接一小時地聆聽音樂，聆聽歌唱，翩翩起舞。」

後來，魯米聞說夏姆斯人在大馬士革，便立刻派兒子蘇丹・

維拉特（Sultan Velad）去把他給接回。見面的時候，魯米和夏姆斯雙雙跪倒在對方腳前，「至此，誰是愛者，誰是被愛者，已難以區分。」夏姆斯此後住在魯米家裡，並跟一個在魯米家長大的年輕女孩結了婚。

一二四八年的十二月五日，夏姆斯在跟魯米談話的中途被人喚到後門去。自此失去蹤影，再也沒有出現過。據信，他是被魯米的兒子安拉爾丁（Allaedin）所殺。如果此說屬實，那夏姆斯果真為他跟魯米的友誼付出了當初承諾的代價：自己的頭。

夏姆斯的神秘失蹤讓魯米難以釋懷。他親自四處查訪夏姆斯的下落，最後還跑到了大馬士革。不過正是在大馬士革，魯米悟出了：

我為什麼要尋找他呢？我不就是
他嗎？他的本質透過我而顯現。
我尋找的只是我自己！

合一終於完成了。這是豐滿的自我消解⑥。魯米把他跟夏姆斯交往期間所寫的大量四行詩和頌詩結集成書，取名《夏姆斯作品集》——因為他認為，夏姆斯才是這些詩歌的真正作者。

在夏姆斯死後，魯米覓得了另一個摯友：金匠薩拉丁・查古布（Saladin Zarkub）。魯米這個時期的詩風變得溫柔恬靜，不像與夏姆斯交往時期那麼熾熱奔放。他把這些詩一律題獻給薩拉丁。薩拉丁死後，魯米的抄寫員——也是他最喜愛的學生胡珊・切利畢（Husam Chelebi）取代了薩拉丁在魯米生命中的位置。魯米晚年的代表作是《智慧律詩》(*Mathnawi*)。這是一本大部頭的作品，共分六卷，從神學理論到民間故事到笑話到令人出神狂喜的詩歌，無所不包。魯米生命的最後十二年都用在寫作這本作品上。魯米聲稱胡珊是《智慧律詩》的精神源頭，也是唯一明白箇中真義的人，所以他把它題獻給胡珊。魯米逝於一二七三年的十二月七日。

註釋：

①安納托利亞(anatolia)，即小亞細亞，今土耳其之亞洲半島部分。安納托利亞的西部曾是羅馬帝國的領土，孔雅即位於該處。至魯米遷往孔雅時，安納托利亞的西部已脫離羅馬帝國的控制。（中譯者註）

②薩納依(Hakim Sanai, ?-1131)，伽色尼(Ghazna)的宮廷詩人，波斯語第一首傑出神秘主義詩歌的作者，著有《真理之園》。魯米詩歌中的許多意象和故事都是轉借自薩納依。魯米從薩納依那裡學到的其中一件事是，即使不雅的笑話也可以傳達讓人獲益的教誨。在魯米的《智慧律詩》的第五卷，就包含著大量這一類的不雅笑話。（英譯者註）。

③阿塔爾(Fariddin Attar,1119-1230)，蘇菲派大詩人，著有《百鳥朝鳳》。據說阿塔爾跟魯米曾在大馬士革有過一面之緣，當時魯米只有十二歲，正跟父親一道旅行。阿塔爾一眼就看出了魯米過人的靈性。他看見魯米父親走在魯米前面，就說道：「我看見海走在大洋的前面。」（英譯者註）

④蘇菲派沒有一個統一的組識，由為數眾多的教團獨立運作，每個教團的領袖稱為謝赫(Sheikh)，意義約相當於「導師」。另外，回教國家人士亦稱年高德劭的人為謝赫。（中譯者註）

⑤比斯塔米(Bestami, ?-874)，蘇菲派思想的重要奠基者之一。(中譯者註)

⑥自我消解(fana)，一譯寂滅，人揚棄自我，與真主合一的境界。這裡是借指魯米與夏姆斯精神上的合一。（中譯者註）

〈本書介紹〉④／中譯者

簡介伊斯蘭教蘇菲派

情侶模式的天人合一

妳是我心緒圍繞的長空，
是愛中之愛，是我復活之地。
——魯米

啊，朝覲者，你們向何處去？
意中人本在這裡，快來這裡，快來這裡。
意中人原本與你毗鄰而居，
因何還四處徬徨，到處尋覓？
——阿塔爾①

蘇菲派（Sufism）是伊斯蘭教內部一個非主流派別，它相信，人透過不斷的自我淨化，終可以達到與造物主合一的境界。

根據較一般性的解釋，「蘇菲」一詞源自阿拉伯文的Suf（羊毛）。此說以為，最早的蘇菲派人士，奉行禁慾苦行主義，以穿著粗製的羊毛大袍作為抗議社會奢靡風氣的一種表示，遂被稱為蘇菲。不過這也不是沒有爭議的解釋，例如有些人就認為，Sufism一詞係由Sufa（清靜）或Sufu（高位，意指在安拉處有高位）衍生而來。

蘇菲派的思想以神秘主義為其特質，這樣說，是因為蘇菲派和世界上其他神秘主義思想一樣，相信「多」只是幻，「一」才是真；他們相信，世界上的存有物雖然千差萬別，但從形而上的高度觀之，不過是同一個單一體，並相信人可以透過種種精神與肉體上的修煉，直觀性地參透「存有是一」的道理。有學者認為，蘇菲思想受新柏拉圖主義影響匪淺，不過，由於蘇菲派的思想畢竟是透過對伊斯蘭教的詮釋與發揮而來，故其神秘主義亦充滿伊斯蘭教色彩。

伊斯蘭教的基本信條是「萬物非主，唯有真主」②，此信條原不過是為了強調真主的至高無上性和唯一性，其內涵約相當於「世界上除唯一的真主外，別無應予信奉和崇拜的主宰」，但蘇菲派卻別出新裁，把它詮釋為「除真主外，無物存在」。這樣的詮釋，等於是說唯有真主是真、是實，俗世生活一切皆虛、皆幻；宇宙萬有（包括人）本質上並不是真實的存在，只是一種非存在，唯一真實存在的只有真主。

蘇菲派像其他伊斯蘭的正統教派一樣，肯定天地萬物皆為真主所造，但為配合其「存有是一」的觀點，蘇菲派把真主的造化萬物解釋為真主自現或外化的結果。真主與天地萬物的關係就有如太陽與陽光的關係，照鏡人與鏡像的關係；真主滲透在天地萬物之中，反過來說，天地萬物在本質上來說和真主並沒有分別。蘇菲派認為，人生的真正任務就是尋求開悟，認識自己與真主、與天地萬物原是一體，從而歸根復命，返本歸源。

蘇菲派和正統伊斯蘭教派的另一分歧點在於對待真主的態度上。正統伊斯蘭教派教徒在敬拜、侍奉真主的時候，往往誠惶誠恐，心存畏懼，這一方面是因為人的現世福樂與來世獎懲，俱操諸真主手中，另一方面也是因為正統的伊斯蘭教派否定人與真主有合一的可能，真主顯得高高在上，令人望而生畏。但在蘇菲派看來，真主是人的本源，也是人的終極歸宿，所以不但不需要畏懼，反而值得愛慕、眷戀與追求。蘇菲派常常把人與真主的關係喻為愛者／被愛者（情人／意中人）的關係，理由即在於此。③另外，由於蘇菲派也把真主等同於真理、知識與光明，凡此種種，都讓真主顯得是一個值得親近與思慕的對象。

蘇菲派把禁慾苦修、克己忍讓、力誡驕傲和行善濟人視為自我修煉和淨化的法門。蘇菲派最重要的儀式稱為齊克爾，那是一種反覆唸誦頌主經文或語句（從數百遍到十萬遍不等）的儀式，往往伴隨著詩歌、音樂與舞蹈一起進行。透過不斷的頌主、悅耳的歌唱、婆娑的舞姿、激烈的旋轉，信眾會慢慢進入恍惚、陶醉、出神、狂喜的狀態，邁向與真主合一的體驗。

蘇菲派雖然被外界視為一個派別，但它從未形成一個統一的組織，而是由互不統屬的教團各自獨立運作（每個教團皆由一導師與一群追隨的信眾所構成）。到底歷史曾形成過多少蘇菲教團，眾說不一，有的學者認為主要的教團前後有兩百個，有的則以為只有數十個。魯米所領導的梅夫拉維教團即屬較著名的蘇菲教團之一。

儘管蘇菲派在伊斯蘭教內是一個非主流派別，但它對伊斯蘭的信仰史和文化史的影響力卻不容小覷。有些人相信，將來能使伊斯蘭教從沈寂中再次綻放光芒者，很有可能就是蘇菲派的精神力量。

註釋：

①轉引自張鴻年著《波斯文學史》，北京大學出版社，一九九三年版，一〇九頁。

②此語一般譯作「除安拉外，再沒有神」，但為配合蘇菲派對它的特有詮釋（詳下），本書一概譯作「萬物非主，唯有真主」。按此八字乃伊斯蘭教徒為表明其信仰而必須唸誦的「清真言」的一部分，其全文為：「我作證：除安拉外，再沒有神；穆罕默德是安拉的使者。」

③愛者(lover)與被愛者(be loved)是魯米詩中極常出現的一對語詞，指的就是愛慕真主的人和被人所愛慕的真主。有時，基於修辭上的考慮，我們會把愛者改譯為情人，把被愛者改譯為意中人。另外，魯米又很喜歡用朋友關係來比喻人與主的關係，所以，他詩中的「朋友」一詞，大多指的都是真主。（由於蘇菲派主張人與真主本為一體，所以讀者在看到魯米詩中有「被愛者就是愛者」、「朋友就是你自己」之類的文字時，不必以為是故弄玄虛。）

〈本書介紹〉⑤／原載中時晚報藝文生活版

魯米情詩的靈魂——幻境
殘破的心中　重尋熱情的信仰

⊙王亞玲（中國時報記者）

「鎮日，鎮夜，音樂是一首寧靜、皎潔的蘆笛之歌。若歌停了，我們也就逝去了。」這是偉大詩人魯米四行詩的第七首。對音樂的情感其實就像哲人尼采所說：「如果沒有音樂，生命將是個錯誤。詩和音樂的密不可分，從早世紀就開始，近期出版的「魯米情詩的靈魂—幻境2」，經過作曲家葛來姆．雷維爾（*CRAME REVELL*）為魯米情詩融入了新鮮的靈魂，使音樂作品呈現新穎的世界風貌。

十三世紀的阿富汗詩人魯米，屬於回教蘇菲教派，他倡導追求熱情與狂喜，並認為這是天人合一境界唯一的途徑。**魯米情詩之所以備受近代人喜愛，主要原因是這些情詩教導人對愛和人類共同情感的接納，讓人毫不保留、矯飾地自觀內在，他真誠地面對自己，並熱情地看待地球上所有的生命。我覺得真正的心靈改革，應從這些充盈著愛與真的音樂與詩文開始，**「菩提系列」可能已經落伍了。

作曲家葛來姆．雷維爾曾為德國電影大導演溫德斯「直到世界末日」一片配樂，這次為了這張專輯，他請了中國、以色列、土耳其、巴基斯坦等地的傳統音樂家共同製作，並由克麥濃籍女

歌手伊絲特 (ESNTHER) 主唱，該專輯最有趣的是，把魯米的詩作翻譯成各種語言，以合成器串連各種傳統樂器和唱腔，使音樂呈現古今東西等融合的多種風貌。

「因為有愛，人生才美麗。」魯米的詩總是以愛為出發點。「迴視內心」、「別回頭睡去」由努斯拉特翻譯成烏爾都語，並以手風琴伴奏，有種悠悠遠遠的氣質。女高音伊絲特在「眼睛就瞎掉」和「氣息」裡，則有她動人優美的歌聲。至於美裔以色列人的女歌手諾雅，則將魯米的四行詩翻譯成希伯萊文演唱，「海洋」是其代表作。另外還有旅居澳洲的中國歌手梁錫南在「沙漠黃昏」裡的演唱；美國人洛莉・卡森則用她獨特的嗓音以吟唱和朗誦詩的調性，把片中的曲子串連在一起。

有人說：「魯米是愛的奴隸與英雄，透過他，我們才能在殘破的心中重新尋著熱情與信仰。」對於這樣的說法，你要不要先聽聽音樂再下判斷。

〈編者按〉本文原刊登於86年6月中時晚報藝文生活版，文中介紹的是魯米的情詩選集，因在本書中亦多有收錄，為了從更多的角度來了解魯米，本書特予轉載。

〈本書介紹〉⑥／英譯者

關於本書的編排

這本書的編排方式肯定會讓傳統的魯米學者感到困惑。傳統學者在為魯米的作品做分類的時候，通常都會把它們區分為七大範疇：四行詩、頌詩、律詩、言論集、書信和講道詞，但本書卻沒有採取這樣的分類法。人的心靈喜歡歸類，但魯米的原創力卻是一個源源不絕的活水源頭，超出一切形式與心靈的框架之外。

本書把魯米的詩歌依主題畫分為二十章，但這種畫分法仍只屬皮相。魯米的詩歌是流動不居的，它們互相滲透，互相發明。究極言之，魯米的所有詩歌只有一個主題，那就是「萬物非主，唯有真主」（*La'illaha il'Allahu*），魯米的不同詩歌只是這同一個主題的不同變奏。本書為魯米詩歌所加的詩題也只屬權宜性質。魯米詩歌原來都是沒有詩題的。他把他的四行詩與頌詩集稱為《夏姆斯作品集》，而對自己晚年的六卷巨作，也僅僅以《智慧律詩》名之（他有時又稱之為《胡珊之書》）。名稱只是餘事。在我們每個人的心中，多少都殘留著海洋的迴響。而魯米的詩歌就像一陣帶鹽味的海風，從海洋吹向內陸，要喚醒我們對海洋的回憶。

魯米不是為了藝術創作而寫詩，他的詩，每一首都是為提供教團成員修持的需要而寫。所以不管那是一首嚴厲肅穆的詩還是出神狂喜的詩，是一首日用尋常的詩，還是一首玄奧晦澀的詩，莫不是因教團內部的一項需求而起。詩、音樂和舞蹈，三者都是蘇菲教團靈修生活不可或缺的一部分。

魯米在《智慧律詩》每一卷的卷首都會放一段禱告詞，以下是置於第四卷卷首的禱告詞。

為起早的憂傷者讚頌

我奉　滿有慈悲、滿有憐憫的上主之名禱告。

這是我們第四度走在回家的歸途上，在前頭，有天大的好處正等待著我們。讀這卷詩的人，將如乾旱的芳草地乍聽見雷聲那樣，滿心歡暢。它可以為憂傷的靈魂帶來歡娛，為朽壞的身體帶來治療。所有讚頌都歸於上主。這條路可以領你跟你的靈魂重新連結，助你在艱困中找到蘇息。對那些自外於上主的人來說，讀這卷詩是件苦事，但對其他的人來說，讀這卷詩卻會感到歡欣鼓舞。這卷詩是一艘貨船，上面裝載著的貨物，比一個絕色美女還要珍貴。所有愛主的人都會在它裡頭找到獎賞。一輪滿月和一筆你原以為已失去的財產將會重歸你手。太陽出來了，而它的光，正是我們要借這卷詩授予我們精神族裔的東西。我們對上主的感戴把他們與我們聯成一體，並為我們帶來更多更多新的族裔。正如安達魯西亞詩人里加(Adi al-Riga)所說的：

我在酣睡，一陣涼風撫拂我。
突然間，從灌木叢中，
傳來一隻灰鴿子
殷殷思念的歌聲
如泣如訴，
讓我省起
沈埋已久的激情。

我離開我的靈魂何其久，
起得又何其晏，但那鴿子的歌聲
喚醒我，使我涕泣。
為所有起早的憂傷者讚頌！

有些人會走在前頭，有些人會走在後頭，但上主將一視同仁，按順序一一賜福他們。祂會為每個困乏的旅人更新裝備，為每個替主耕耘的人提供食糧，為穆罕默德、耶穌以及每個使者和先知祝福。阿門，願所有造物的主保守賜福你們。

1

酒館：誰帶我來這裡的，誰就得把我帶回家

The Tavern

關於酒館

酒館是個豐盛之所：這裡不但有各式各樣的美酒可以品嚐，還有機智的辯論可以參與、引人入勝的故事可以聆聽和發自靈魂的歌聲可以欣賞。在酒館裡，人們像是被放在酒桶裡發酵的葡萄，汁液從身上源源流出，互相浸潤對方。這也是為什麼兩個酩酊的人到後來會不辨彼此的原因。在酒館這個亢奮迷離、慾望半隱半現的世界裡，代名詞是派不上用場的。

不過，在酒館裡待上一段時間以後，一個臨界點就會來到。這時，人會回憶起另一個所在、思念起自己的源頭來，於是踏上歸途之念油然而生。《可蘭經》上說：「每個人都處於歸途之中。」魯米指出，酒館是一個危險的所在，有時偽裝是必需的，不過千萬不要隱藏你的心。始終要保持心的開放。到了該離去的時候，靈魂就會吆喝著走出酒館，步上大街，開始尋覓歸途。

凌晨四點，納西努底恩①離開了酒館，在城中漫無目的地四處遊逛。一個巡警把他叫住，問道：「為什麼你三更半夜還在街上遊蕩？」納西努底恩回答說：「先生，如果我知道答案的話，好幾小時以前就已經回家去了！」

✲誰用我的嘴巴說話

我日念夜想：
我來自何處，來此何為？
我沒有頭緒。
我的靈魂來自他處，這一點毫無疑問，
既如此，我也打算終老於
我從來之處。

我的醉，始自某處另一家酒館。
回到那裡，
我將徹底酒醒。
我是飛來自另一大陸的鳥，坐困於此鳥籠中，
總有一日，要展翅飛走；但是
現在用我耳朵聆聽，
用我嘴巴說話的
是誰？

用我眼睛在觀看的是誰？那靈魂是誰？
我無法停止詰問。
只要能品嚐到絲毫答案，
我將能掙脫此醉之牢籠。
我不能自行離去，我不能那樣子。
誰帶我來這裡的，誰就得把我帶回家。

我不知道自己打算藉這詩說些什麼。
我沒有在事前構思過。
寫完這詩以後，
我變得非常沈默，寡言鮮語。

✲我們有一大桶葡萄酒，卻沒杯子。
棒極了。
每晨，我們兩頰飛紅一次，
每夜，我們兩頰再飛紅一次。

他們說我們沒有明天。他們說得對。
棒極了。

✲精神性的團體

有一個精神性的團體。
參加它，並去享受
行走在鬧街上的歡愉，
讓自己成為喧鬧。

飲下你所有的激情
讓自己成為一個不名譽的人。

閉起雙眼

以第三隻眼睛觀物。

伸出雙臂，
要是你希望被擁抱的話。

坐在這個圓圈中。

像頭狼一樣，一動不動，感受
牧羊人的愛充滿你。

晚上，你的意中人遠颺。
別接受安慰。

對食物閉上嘴巴。
用你的嘴巴去體味愛慕者嘴巴的滋味。

你哀歎：「她離開我。」「他離開我。」
走了一個會來二十個。

摒棄思慮。
想想思慮是誰製造出來的！

為什麼你要讓自己成為囚徒呢？
當窗開得那麼大的時候？

擺脫憂慮的糾結，
生活在靜默之中。

不斷不斷往下流，

不斷不斷擴大存有的環。

✲我的頭腦，感覺到一陣奇怪的暈眩，

像鳥兒

各各繞著圓圈在盤旋。

我的意中人，是不是無處不在的呢？

✲醉漢怕警伯，

但巡警也怕醉漢。

這鎮裡的人既愛醉漢也愛警伯：

愛他們

如同愛兩枚不同的棋子。

✲兒童遊戲

諦聽隱士詩人薩納依②之語：

「當你酒醉狂喜之時，

不要到街上游晃，就睡在酒館中吧。」

流連街上的醉漢，

會被小孩子取笑。

他摔倒在泥坑中。

不論他往那個方向走，
都有成群的小孩尾隨身後。這些小孩
不懂得酒的滋味，也不明白
醉的美妙。生活在這地球上的人
除極少數以外，全是小孩。
除非他們能擺脫慾望的捆綁，否則
不會有長大的一天。
真主說：「世界是一場玩耍，一場孩子的遊戲，
而你們就是孩子。」
真主說的是真理。
如果你們不脫離孩子的遊戲，
怎能指望成為大人？
　　　　　　　　　如果沒有精神的純淨，
如果你們仍生活在色慾、貪婪
與其他的想望中，你們不過是個小孩。
你們的肢體彼此扭結糾纏，
以為那就是性愛，
其實那不過是性交的遊戲，
而不是什麼真正的性愛！

戰爭也是這麼回事。
你們拿著紙劍爭鬥不休，
毫無目的，純粹在虛耗力氣。

士兵們聲稱他們騎的是穆罕默德的神駒，

7

酒館

其實，他們不過是一群騎著玩具馬的小孩。

你們的行為，不管是性行為還是戰爭行為，
皆全無意義可言。

不要到斷氣前才恍然大悟。
要知道，你們的想像、思考、感官，
不過是
小孩砍下來，當成馬騎的蘆莖罷了。

經驗、感官的科學，
像揹滿書本的驢子，
又像婦人臉上的脂粉，
水一沖就流失掉。

不過，如能用適當的方式背負行囊，
你將變得輕鬆。
不要為某些私己的理由而背負知識。
排拒情慾和想望，
你的胯下就會出現一匹駿馬。

不要單以唸誦「祂」這個字而滿足。③
感受祂的氣息。
書本與文字可以帶來妙悟，
而妙悟有時則能帶來合一。

✲走吧！往內或往外，

沒有月亮，沒有地面或天空

不要把酒杯遞給我。

直接把酒倒到我的嘴巴來吧。

我已經找不到自己的嘴巴在那裏了。

✲我們啜飲的酒，其實就是我們自身的血液。

我們的身體在酒桶裡發酵。

我們倒給萬物各一杯這個酒。

我們也給我們的心靈啜飲一口。

✲許多的酒

真主賜給我們一杯黑色的酒，

酒是那麼的烈，以致飲下之後，

我們離開了兩個世界。

真主賦予哈希什④一種力量

讓品嚐者得以忘卻自我。

真主創造睡眠，讓我們

可以拭去一切思緒。

真主讓馬伊努恩愛萊漪拉愛得那麼深

以致只有她的狗能讓他分神。

有千百種酒，
可以讓我們心醉神迷。

但不要以為
每一種狂喜都一模一樣！

耶穌沈醉在對神的愛戀中，
但他的驢子，則沈醉在大麥中。

從聖徒的形象中啜飲⑤，
不要從其他的酒罈子中取酒。

每一物，每一存有，
都是一口充滿歡娛的罈子。

當個鑑賞家，
謹慎地品嚐。

任何酒都可以讓人興致昂揚。
像個國王一樣細心判斷，選擇最清純的
沒有摻雜恐懼和物質需要在其中的酒。

啜飲那可以感動你的酒，
啜飲那可以讓你
像頭無拘無束的駱駝那樣信步緩行的酒。

✲不同的菜餚

注意每粒微塵的移動。
注意每個剛抵達的旅人。
注意他們每人都想點不同的菜。
注意星怎樣沈、日怎樣昇，所有河溪怎樣
共奔大海。

看廚師怎樣，按每個客人的不同需要，
準備不同的菜餚。
看這個能容下大海的杯子。
看那些朝你的臉直視的人。
透過夏姆斯⑥的眼睛，看佈滿珍珠的河水。

✲烤炙中的卡布比

去年，我嚮往美酒。
今年，我在紅色液體的世界裡遨遊。

去年，我凝視火。
今年，我就是烤炙中的卡布比⑦。

口渴把我推向水中，
我在那裡暢飲月影。

如今我是一隻挺胸仰視的雄獅，全然
沈醉在對物自身的愛戀中。

不要問有關思念的問題。
直視我的臉。

靈魂醉了，身體壞了，
它們無助地同坐在一輛破車中，
誰也不懂得修車子的方法。

我的心啊，我要說，
它更像是一隻陷在泥淖中的驢子，
死命掙扎，卻愈陷愈深。

聽我奉勸一言：暫時
拋卻憂傷，諦聽福祐
如何豐盛地掉落在
你的身周。真主。

✲新規則

舊規則是：喝醉的人喜歡爭辯，繼而動粗。
心有所戀的人一樣糟。他掉入一個洞中。
但在洞底，他卻找到一樣金光閃亮的東西，
價值超過任何財寶與權力。

昨夜，月之薄紗輕披在街道上。
我把這當成一個叫我歌唱的訊號。
我的歌聲響徹天穹。
天穹破開，萬物散落各處。
再沒別的事可做了。

這裡有一條新規則：把玻璃酒杯摔破，
墮入吹玻璃的師傅的氣息中。

這東西飽受折騰，倦怠非凡，
被約束折騰得像個瘋子，
這顆心。
　　　　但你卻為了品嚐蚌肉，
不惜一再敲破蚌殼！

註釋：

①納西努底恩(Nasruddin)：中東地區一個以狡黠著名的人物。(英譯者註)

②參見「關於魯米」註釋②。（中譯者註)

③蘇菲派在崇拜時常唸誦真主的代名詞「祂」(Hu)。（中譯者註)

④哈希什(hashish)：一種由大麻提煉的麻醉藥品。（中譯者註)

⑤在回教中，耶穌不是神，而只是一名先知和聖徒。（中譯者註)

⑥夏姆斯 (Shams) 在波斯語中是太陽之意，但每逢魯米在詩中提到這個字，幾乎都是相關語，既指太陽，也指他的朋友夏姆斯（譯者按：有關魯米與夏姆斯的交誼，詳見「關於魯米」中的介紹）。魯米也常常把他晚年的忘年交胡珊・切利畢與太陽相提並論：「胡珊啊，你是真理之光。」（英譯者註)

⑦卡布比(Kabob)：烤肉串。（中譯者註)

14

RUMI

2

困惑：我有五事相告

Bewilderment

關於困惑

在自我消解①的周邊，似乎存在著一個甜美的混沌領域。身處其中的人，能感受到自己同時存在於不同的地方，說著不同的話題。這些話語朦朧、易碎，而且近乎空白。一種深邃的無知讓一切尋常、鎮靜的行為顯得不正常！

魯米的詩不像一片精心修剪的波斯小花園，而像——誠如學者史梅爾所言——一幅土庫曼風格的畫作，其中充滿奇花異樹、不連貫的情節、精靈和會說話的動物。

✻我有五事相告

醒轉過來的情人直對著他的愛人說：
「妳是我心緒圍繞的長空，
是愛中之愛，是我復活之地。

且讓這扇窗當妳的耳吧。
只因渴望妳傾聽的靜默
和令人精神一振的笑靨，
我失去過知覺不只一次。

妳的專注鉅細靡遺，
包括我的多疑。

妳明知我的硬幣是贗品，
但仍欣然接受
我的厚顏和虛飾！

我有五事相告，
每件事情相對於手上的一根指頭。

第一，當我離開了妳，
　　　這世界就不復存在，
　　　也不會有其他世界存在。

第二，上窮碧落下黃泉，

我尋索的
始終是妳。

第三，我何苦學會數到三？

第四，我的麥田正在燃燒。

第五，這根指頭代表拉比亞②，
換言之是代表另一人。
但有什麼分別呢？

我說的這些，是話，還是淚？
悲泣也可以是一種演說嗎？
我該做什麼好，我的愛？」

他如是說著，周遭的人
開始隨著他大喊，又跟著他狂笑。
大家在愛者與被愛者的合一裡，齊聲默吟。

這才是真正的宗教，其餘的
不過是散落的腳鐐手銬。

這是奴役與自由的共舞。
這是非存有。

沒有任何語彙或自然之物，
足以闡明箇中奧妙。

我認得這些舞者。
日日夜夜我哼唱他們的歌
在這現象界的牢籠裡。

我的靈魂啊，別急著回答問題。
找個朋友，然後隱藏起來。

但沒有可以永遠隱藏的東西。
愛的奧祕總不斷
從遮蔽中探出頭來，喊道：
「我在這兒！」

✻無助

這就是你期待的奇蹟徵兆：
你竟夜哀哭，清晨醒來，猶喃喃自語；
你想望落空，脖子瘦若紡錘；
你付出一切，卻沒有回報；
你犧牲了所有家當、睡眠、健康和腦力；
你經常如沈香木般身陷火堆，或
如破敗的盔甲與刀劍遭遇。

當無助感成為習慣，
便是**徵兆**。

然而，你卻來回奔跑，
指望聽到什麼不尋常的事件，
並逼視
每一個旅人的臉孔。
「你為何像個瘋子般盯著我看？」
我有一個朋友不見了，請原諒我的無禮。

這樣的尋索不會徒勞。
總有一天，一位騎士會抱住你。
你因興奮而昏厥，口中嘰咕亂語。
無知的人會說：「他是冒牌貨。」
他們如何得知？
海水漫過擱淺的魚，這海水
就是我方才列舉的
徵兆。

原諒我的離題。
試問，在鷓鴣和烏鴉鳴叫聲中
細數花園裡有多少樹葉的人，
誰又是有條有理的呢？
　　　　條理，有時候反而是
一種荒謬。

✲薩拉丁的乞缽

在這兩千個自稱「我」和「我們」的人之中，
哪一個才是我？

別阻止我追問下去！
當我如此失控之時，你最好給我聽好！
別放置任何易碎之物擋我的路！

我體內有個原型。
它是一面鏡子，你的鏡子。

你快樂，我也會快樂。
你愁苦，我也會愁苦。

我像綠茵地上柏樹的影子，
與柏樹不可須臾離。
我像玫瑰的影子，
永遠守在玫瑰近旁。

一旦離開了你，
我就會變為一片棘刺。

每一秒鐘，我飲自己的血酒一杯。
每一瞬間，我將空杯擲向你的門。

我伸出雙臂，企盼你將我的胸膛撕開。

慷慨的薩拉丁③在我胸前點燃一支蠟燭。
那我到底是誰？
我是他空空如也的乞缽。

✻深夜，我獨自晃盪在自我的小舟中
極目不見陸地，沒有一點光亮，
雲層厚積。我努力讓自己
浮在水面之上，沒意識到我早已是
水中之民。

✻日落有時看起來肖似日出。
你能辨識出真愛的真面目嗎？

你在哭，你說你焚燒了你自己。
但你可曾想過，誰不是煙霧繚繞？

✻成為融化的雪

全然清醒地，毫無目的地，你來找我。
有人在嗎？我問。
月亮，有個滿月在你家裡。

我和朋友奔到街上。

一個聲音從我們身後的屋內傳來：
「我在這兒。」但我們沒留心聽。
我們仰視天際。
夜鶯在庭園裡啜泣如醉漢。
斑鳩低聲咕噥著：「就在那兒。就在那兒。」
時值夜半，家家戶戶從床上爬起來，
奪門而出，在街上狐疑：那夜賊是不是又回來了？
真正的夜賊混在人群中高呼：
「沒錯，那夜賊又回來了，
他就藏匿在這人群中。」
沒人注意他說的話。

「我永遠與你同在。」
這句話表示
當你在尋索真主的時候，
祂就存在於你張望的眼睛裡，
存在於你尋索祂的意念裡。
祂比你自己
更接近你自己。
你根本不假外求。

成為融化的雪吧。
把你自己融洗掉。

一朵白花在寂靜中綻放。

讓你的舌成為那朵花。

✻易碎的小玻璃瓶

我需要一張像天空一樣寬廣的嘴，
一種如思念一樣綿長的語言，
才能道出一個完人④的本質。

我內在那個易碎的玻璃瓶經常破。
難怪我會發瘋，而且每月
隨月亮一起消失三天。

每個愛你的人
都會在你消失不見的幾天愛上你。

我已找不到我故事的線頭。
我的大象又再一次在夢中漫遊於印度斯坦。
敘事的，詩意的，毀滅的，我的身體
一種消溶，一次回歸。

朋友，為了試著述說你的故事，
我已捲縮成一根頭髮。
你願意說說我的嗎？
我杜撰了那麼多羅曼史。
如今，我覺得自己也是虛構的。

告訴我！
真相是，說話的人是你，不是我。
我是西奈山，而你是朝我這裡走來的摩西。
這首詩只是你話語的回音。
一塊土地不可能會說話，也不可能知道任何事！
即使它能言，也極有限。

身體是一件儀器，用以測量
精神的天體。
透過這星盤⑤來觀測，
讓自己變得如海洋般浩瀚。

為什麼說到這兒來了？
這不是我的錯。
是你造成的。
你是否認同我因愛引起的瘋癲？

回答「我認同」。
你將使用何種語言？阿拉伯語，波斯語，
或者其他？再一次，我必須被綁起來。
把你那蜷曲的髮繩拿過來吧。

現在我記起我的故事來了。
一個完人注視著他的舊鞋和羊皮夾克。
每天，他都會爬上小閣樓，
看看他的工作鞋和磨舊了的外套⑥。

這是他的智慧：一再用最初的泥土提醒自己，
以免自己昏醉於自我和自傲。

探望鞋子和夾克，
是一種讚頌。

真主從無中造物，
作坊、材料
都不存在。

試著當一張空白的紙。
試著當一方沒有植物生長的土地；
也許，將來會有些東西將在此蓬勃生長；
也許，是一顆來自真主的種子。

✲我們在哪裡？

一隻看不見的鳥飛過，
投下了一閃即逝的影子。

那是什麼？是你愛的影子
的影子，卻盛滿了
整個宇宙。

有個人在沈睡，

不過，他體內卻有某物光亮如太陽，
像華美的流蘇。

他在被褥下輾轉反側。
任何意象都是謊言：

一塊晶瑩的紅石頭嘗起來是甜的。

你親吻一張美麗的嘴，一把鑰匙
插入你驚恐的鎖孔。

一句如出鞘利刃般的句子。

一隻母鴿尋找她的巢，
不停地問：「在哪裡，咕？在哪裡，咕？」⑦

哪裡是獅子伏躺的所在？
哪裡是男男女女哭泣的所在？
哪裡是病人可以渴望康復的所在？

織布的梭子來回抽動，
一會兒西，一會兒東，
邊織邊問：「我們在哪兒？嘛咕？嘛咕？」⑧

✲朋友進入我的體內

尋找中心，卻遍尋不著，
遂抽出一把長劍，

揮向四方。

✲有一顆光的種子種在你裡面。

你必須用自己去灌溉它，否則它就會死亡。

我被這個綣曲的力量綁住了！你的秀髮！

鎮靜和明理的人才是不正常！

✲你以為我知道自己正在幹什麼嗎？

我可有一剎那是屬於我自己的？

我不知道自己正在幹什麼，

正如筆不會知道它正在寫的是什麼字，

或球不會猜到它的下一個落點會在哪裡。

註釋：

①參見「關於魯米」註釋⑥。（中譯者註）

②拉比亞（Rabia, ？-801），一位女蘇菲，她主張人不應因恐懼或有所求而愛主，而應因主之美而愛主。後來的蘇菲派詩人喜用情侶關係寓意人與主的關係，淵源於此。（英譯者註）

③薩拉丁，即金匠薩拉丁・查古布，繼夏姆斯之後，魯米生命中的另一位摯友。薩拉丁在一二三五年移居孔維，在此之前，他已像魯米一樣，是布漢魯丁・馬哈奎克的學生，據說，在夏姆斯出現以後，魯米和夏姆斯經常在薩拉丁的店裡或家裡碰面。自夏姆斯失蹤，薩拉丁成為了魯米最好的朋友。薩拉丁雖然在很多方面都有別於夏姆斯，但他對魯米的門人弟子來說，也是個頭疼人物。他沒有受過教育，幾乎稱得上是文盲。夏姆斯精熟《可蘭經》，而薩拉丁卻連《可蘭經》的第一章也背得顛三倒四！儘管如此，魯米仍視他為繼夏姆斯之後自己的另一個指引者。

他去年穿著紅色的袍服出現，（指夏姆斯）
今年穿著褐色的袍服出現。（指薩拉丁）

據說，魯米曾經在薩拉丁的打鐵聲中聽出超凡入聖的樂音。現在有一些聖徒畫還畫著魯米當時怎樣把薩拉丁從他的店裡拉到街上去跳旋轉舞的情形。後來，魯米的兒子蘇丹・維拉特娶了薩拉丁的女兒為妻，兩人的友誼益形緊密。魯米在好些詩作的後面都署上薩拉丁的名字，以示敬慕之意。一二五八年，薩拉丁逝世，魯米率領一隊蘇菲弟子，吹笛打鼓，載歌載舞穿行於孔雅街頭，以慶祝一位偉大聖徒的超昇。（英譯者註）

④完人（True Man）：蘇菲派把能完滿理解教義、教法和真理的人稱為完人

。（中譯者註）

⑤一種古代的天文觀測儀器。（中譯者註）

⑥參見第十一章註釋①。（中譯者註）

⑦咕(ku)，鴿子的叫聲，與波斯語中「哪裡」一語同意。（中譯者註）

⑧嘛咕(Maku)，織布梭子發出的聲音，與波斯語中「我們在哪裡」一語同音。（中譯者註）

3

夜氣：虛空與靜默

Emptiness and Silence

關於靜默

波斯詩人通常都會在詩末署上自己的名字，但魯米卻喜歡署上他朋友夏姆斯的名字或以「克木舒」（意為「靜默」）一詞作結。那是因為他認為，夏姆斯或靜默才是其詩歌的真正作者。魯米對語言本身的興趣不大，讓他真正感興趣的是語言的根源。他經常詢問胡珊：「誰作了這首曲？」有時，他會把詩稿交給沒有謀面的蘆笛手吹奏，並表示：「讓他來完成這首詩吧。」魯米認為文字的重要性不在文字本身，而在它可以充當一個引起共鳴的共鳴器。魯米有一整套以蘆笛為喻的語言理論。我們的所有言說，正如同蘆笛所奏出的每個音符，都蘊含著對蘆葦塘的思念。要不是我們是虛無的、中空的，要不是我們被分隔於根源之外，語言和音樂俱不可能存在。所有的語言都寄託著思鄉之念。魯米常常納悶：為什麼就沒有一首樂曲，是用來讚頌那些樂器匠人的呢？要不是拜他們的技藝所賜，一節平白無奇的蘆葦莖又怎麼會變成蘆笛，變成有九個孔的人類化身呢！

✲蘆笛之歌

請傾聽蘆葦所訴說的故事，
一個關於被拆散的故事。

「自從有人把我硬生生從蘆塘砍下，
我就有了一副悲哀的嗓子。

任何曾被迫與愛人分離的人，
都會了解我的哀怨。

任何曾被迫和根源分離的人，
莫不企盼著歸根。

每個聚會，
賓客都愛與我為友，
但他們很少聽得出
隱藏在我音符裡的祕密。

軀體從靈魂流出，
靈魂從軀體中升起：這混合
無所遁形。但那並未使我們
得見靈魂。

蘆笛是火，不是風。
成為那虛空吧。」

聽愛的火舌糾結在蘆笛的音符裡，
如困惑融入醇酒。

蘆葦是傷口和藥膏的組合，
親密和渴望親密
是同一首歌。

毀滅性的屈服，與優美的愛情
同在。
誰單獨聽到蘆笛之歌，
都會不知所云。

舌頭有位顧客：耳朵。
甘蔗笛有此妙用，是因為
它能製造糖於蘆塘。
它奏出的樂音
是要給所有人聽的。

被欲望塡滿的日子，
讓它們去吧，無需煩憂。

停在你原處，
停在一個純淨、空靈的音符裡。

凡口渴的人都得到了滿足，
唯獨那些魚，那些神祕主義者例外。

牠們悠遊於無邊的恩典之海裡，
卻仍不斷地渴望著它！

沒有一個住在裡面的人，
不是日日夜夜蒙受滋養。

但若有人不願聆聽蘆葦之歌，
那你最好還是
道聲再見，安靜離開。

✻口渴的魚

我尚未厭倦於你，因此，
別厭倦於憐憫我！

所有止渴的容器
水壺、水桶
必定開始厭倦於我了。

我體內有一尾口渴的魚，
牠有著
永不饜足的口渴！

指引我通往大海的路吧！
把這些充數的、吝嗇的容器

通通打碎。

把這些這些綺想和憂傷也
通通打碎。

且讓我的房子浸泡在
昨夜村外漲起的潮水裡，
那藏在我胸口中央的潮水裡。

約瑟像月亮般跌入我的井裡。
我期盼的豐收全被沖走了。
但不打緊。

一把火自我的墓碑竄起。
我不稀罕學識、尊嚴或尊重。

我只稀罕這樂曲、這黎明
和你貼在我臉頰上溫熱的臉頰。

悲傷的行伍慢慢聚集，
但我不打算和他們同行。

每次寫完一首詩
結果都一樣：

無邊的寂靜向我襲來，
令我狐疑，我搬弄語言何為。

✻我的話盡意了嗎？

世界的一部分怎離開得了世界？
濕氣怎離開得了水？

別試著
以火滅火！
別試著
以鮮血清洗傷口！

你跑得愈快，
你的影子跟得愈緊。
有時，它還會跑在你的前頭呢！

只有日正當中的太陽，
才能讓它退減。

但你可知道，你那影子一直都在服侍著你呢！
加害你的，也必保護你。
黑暗就是你的蠟燭。
你的邊界，就是你追尋的起點。

箇中的道理，我可以解釋。
但我只怕，我的解釋，
會打碎覆蓋著你心臟的那個玻璃罩子；
它打破後就不可能復原。

你必須同時擁有影子和光源。
把你的頭放在敬畏之樹下。
當你從那棵樹回來，你的毛羽與翅膀將變得豐滿。
請像鴿子一樣安靜，
別張嘴，連咕咕聲也不要發一下。

當青蛙跳進水裡，蛇就逮他不到。
當青蛙爬上陸地，嘓嘓號叫，蛇就會聞聲而至。

即便青蛙學會假裝嘶嘶吐信，
蛇仍然可以發現破綻。

但如果青蛙能保持完全緘默，
那麼，蛇就會乖乖地回洞裡睡覺，
而青蛙也就能安抵牠的大麥。

靈魂無聲無息地棲息在大麥裡。

大麥的種子就是這樣：
當你把它丟到土裡，
它就會萌芽生長。
　　　　我的這些話盡意了嗎？
還是，我還得從中擠出更多的汁液來才行？
我是誰，我的朋友？

✲世界由我們對虛空的愛所創造

謳歌那把我們的存在架空的虛空吧。
存在原是為我們對虛空的愛而設，
但不知怎的，虛空一來，
存在就掉頭而去了。
為此謳歌吧，一次再一次！

幾年來，我努力將自己的存在從虛無中抽出。
但突然，手一鬆，
我放棄了這工作。
無我，無存有，無驚恐，
無希望，無堆積如山的欲望。
高山變成了一根稻草，
一吹，就被吹進了虛空。

存在、虛空、高山、稻草：
這些我喜歡一提再提的字眼開始喪失意義。
它們像垃圾一樣，被橫掃
出了窗戶，掉落在屋頂的斜面。

✲靜

死亡吧，以便進入新生的愛中。
你的路在另一邊豁然開朗。
轉為長空。
用斧頭砍向牢房的牆壁吧。
逃。
走出去，像個煥然一新的人。
立刻動手。
你被厚厚的雲層遮蓋了，
滑到邊緣吧。死吧，
靜靜地。安靜是
死亡最明確無疑的表徵。
你的前世從寂靜中瘋狂的逃離，

無言的滿月
這時出來了。

✲方熄的燭火

蠟燭存在是為了全然地燃燒。
熄滅那一刻，
它的影子不復存在。

它不過是光的嘴舌，
述說著一處安全的所在。

看看這方熄滅的蠟燭殘蒂，
它就像是某個
從善與惡、榮與辱的對立中
安全逃出的人。

✲手藝和虛空

為能一展所長，每個工匠
莫不致力尋找不在之物。

建築工尋找朽洞，
以便鑲嵌屋頂。
汲水工提的工具，
是空的桶子。木匠
會在缺門的屋前駐足。

工匠莫不在尋找虛空，由此可見，
你根本不須迴避它。它包含著
你需要的東西。
　親愛的靈魂，如果你不是與你內在的巨大虛空為友，
何以你又要不斷地將你的網

撒向它，並且靜靜地等待？

這無形的大海賜予你如此巨大的豐盛，
你竟然還稱它為「死亡」。

真主默許一些神奇的倒錯發生，
所以，你才會
誤把蠍子洞
當成渴望的對象，
又把美妙的事物，
看成毒蛇麇集的險地。

你對死亡和虛空的恐懼
多麼奇怪，
你對欲望的執念
何其詭異！

親愛的朋友，聽過我的忠告以後，
現在也請來聽聽
阿塔爾①就同一主題
所述說的故事：

馬哈茂德王收養了一個印度男孩為義子，
給他教育，給他皇族的恩寵。
其後，又封他為攝政王，讓他得以
高坐在自己身旁的黃金座上。

一天，馬哈茂德王見他義子在飲泣，
感到大惑不解。
「你為什麼哀哭？你是帝王的
夥伴！整個王國展羅
在你眼前，如聽命於你的群星。」

青年回道：「我想起
我的父母，以及他們
從前如何以你之名嚇唬我！
『喔喔，他要前去馬哈茂德王的宮廷呢，
沒有比那裡更可怕的地方了！』
要是他們看到我住的龍樓鳳閣，
不知會作何感想！」

由此可見，害怕改變是件多傻的事。
你就是那印度男孩。而馬哈茂德王就是
虛空，也就是靈魂的財富。

父母是你對血緣和欲望
的執著。

別聽你父母說的話！
他們看似在保護你，
實則是在囚禁你。

他們是你最頑強的敵人。

他們使你害怕生活在虛空中。

有一天，你將因回想起你父母的誤判，
而在宮廷裡喜極而泣。

要知道，你的身體雖然滋養你的靈魂，
助它成長，但到頭來卻又
給它錯誤的建議。

這個身體，最終會變成太平歲月的
鎖子甲冑背心：
夏天太熱，冬天太冷。

但軀體的欲望，從另一方面來看，
像個陰晴不定的夥伴，你必須
耐心以待。這種耐心會為你帶來裨益。
它能擴大你的愛心，
讓你感受平和。

玫瑰因有耐心與刺為伴，
才得以保有芬芳。
沒有為公駝餵奶的耐心，
它又怎麼活得到第三年？
耐心也正是先知向我們展示的美德。

襯衫之所以美，
在於它包含著縫製者的耐心。

友誼和忠誠
也以耐心作為連結的力量。

如果你自感孤獨和卑賤，那表示，
你還不是個有耐性的人。

和與神揉合的人為伍，
並且說：

**「任何來去不定，起落無常者，
非吾所鍾愛。」**

與先知的創造者看齊，
否則，你將像商旅的營火般，
在路邊孤獨地倏忽
燃成死灰。

✲虛空

且觀照真主的行為
與我們的行為
有何不同。

我們常問：「為什麼你這麼做？」
或「為什麼我這麼做？」

我們確是行為者，但我們的每個行為，
皆出自真主的創造。

我們經常回顧生命中的
大小事件，並加以分析。
但還有另一種分析方式，
有別於我們平日所運用者。
那是一種回顧與前瞻同時進行的方式，
一種非理性所能理解的靈視。

只有神能完全明白一個行為的意義。
撒旦指責神：「我的墮落是你的造物。」
而亞當卻向神俯首悔罪：「是我們自己作孽。」
神問亞當：「既然萬事都在我的預知中，
你為何不以此為自己辯解？」

亞當回道：「因我敬畏，
而且我想當個虔誠的人。」

行事尊重的人，會得到尊重。
帶來甜點的人，會得到杏仁蛋糕的招待。
好女人會和好男人互相牽引。

善待你的朋友，
或惡待他，
看看後果會怎樣！

愛，請你舉個實例，
澄清這個謎團：
我們的每個行為，如何能同時兼具
自由和被驅使兩種性質？
你一隻手因癱瘓而打擺，
另一隻則因你掌摑別人而抖顫。

兩種抖動都來自神，
但你卻會為其一感到歉疚。

經上說：「不論你往何處，
祂都在你左右。」但我何曾離開過！

無知是神的牢獄。
智慧是神的殿堂。

我們沈睡在神的無意識中。
我們甦醒在神張開的臂膀中。

我們的哭，是神的雨。
我們的笑，是神的閃電。

戰爭與和平，
兩者都在神的掌控中。

那麼，我們是誰？
這糾結萬端的世界，

難道不就是
以安拉為起點的一條單一直線嗎？

我們是誰？
是無。
是空。

✲當你離開我，與眾人為伍，
你將孑然一身。
當你遠離眾人，靠近我，
你將與眾人為伍。
與其被眾人所束縛，
不如成為眾人。
當你成為多，你就是無。
是空。

✲旗子

我以前希望有人來買我的話語，
但現在我倒希望有人將我從我的話語中買走。

我曾構作無數動人而深邃的意象，
如今，我已厭倦這工作。

突然一個沒有形象的意象翩然降臨，
我就放手了。

另外找個人來看店吧。
我已離開塑造意象的行業了。

終於，我體會到
瘋子的自由。

一個不請自來的意象叩門，我尖叫：
「滾開！」它立刻冰消瓦解。

只剩下愛。
只剩下旗子的基座和風。
沒有旗子。

✲糧袋

一天，一位蘇菲②看到一口空糧袋掛在釘子上。
他開始扭動身體，撕扯自己的衣服，並喊道：
這是為不需要糧食者準備的糧食！
是飢者的解藥！

他的情緒繼續升高，其他人陸續加入，
在愛之火中吶喊和呢喃。

一個閒人從旁經過，隨口說道：「這不過是個空袋子。」

蘇菲說：「走開，你要的不是我們要的。
你不是一個愛者。」

愛者的食糧，是愛，
不是麵包。沒有任何愛者
愛的是實際的存在物。

愛者和實際的存在無涉。
他們沒有資本，淨收利息。

他們沒有翅膀，卻能飛遍世界；
他們沒有手，卻能在田野中撿拾馬球。

那托缽僧③化到現實的訕笑，
如今他搖晃著靈視的竹籃。

愛者在烏有之鄉紮營。
他們與烏有之鄉同其顏色。

襁褓中的嬰兒不懂烤肉的味道。
對靈魂而言，無味就是美味。

尼羅河在埃及人眼中紅似血，
在以色列人眼中清似水。
某個人的高速路，可能是另一人的災難。

✻夜氣

一位老人躺在病榻，交待
財產在三個兒子間該如何分配。
他已為三個兒子付出所有心力。
現在，他們像柏樹般圍立在他身旁，安靜而堅強。
他交代鎮上的法官：
「他們之中誰最懶惰，
就把所有遺產給誰。」

說完這個，他就去了。法官轉向三個兒子：
「你們必須陳述你們的懶，
讓我可做判斷。」

若論懶，神祕主義者無疑是專家。
他們從未播種耕耘，卻源源不斷地收成。
神已幫他們把一切做好！

「來吧，說說你們怎麼個懶法。」

每個發自口中的字詞，都是一部內在自我之書的封面。
一片抖動的窗簾，
可以透露出數百個太陽爆炸的祕密。
即使是極微不足道乃至錯誤的說話，
仍可讓聆聽者聽出端倪。

51

夜氣

聞聞
一陣從花園吹來的微風，跟一陣
從垃圾堆吹來的微風，味道
可有不同；
聽聽
狐狸和獅子的聲音
一不一樣！

傾聽某人說話，就像打開一只鍋蓋
你將得知晚餐的內容。

買陶罐之前，顧客敲它一敲，
就知道有無裂隙。

老大告訴法官：
「我能從聲音辨人；
如果對方一語不發，
我會靜候三天，然後，
我就能以直覺判定他的為人。」

老二說：「他說話，我就能認識他為人；
如果他不說話，我就逗他說話。」

「如果他識破你的技倆呢？」法官問。

這使我想起有個母親，教她孩子：
「當你在夜晚走過墳場，

碰到鬼魂，你朝他跑過去，
他就會跑開。」

但孩子卻反問媽媽：
「要是鬼魂的媽媽也這樣教他怎麼辦？
鬼魂也有媽媽呀。」

老二無話可答。

法官接著問老三：
「如果有個人硬是不吐一字，
你會用什麼方法探知他的性情？」

「我會靜靜地坐在他面前，
立起一把耐心做成的梯子。
若有任一種
發自喜悅或悲悽深處的語言自我胸口湧起，
我將得知，他的靈魂深邃而明亮，
一如在葉門上空畫過的老人星。

於是，一旦我開口，一串堅實有力的話語
就會滔滔而來。
我從我說話的內容和方式了解他，
因為我們之間開著
一扇窗戶，交流著我倆存在的夜氣。」

顯然地，老三是

兄弟中最懶的一個。他贏了。

✲氣息

我不是基督教徒，不是猶太教徒，不是回教徒，
不是印度教徒，不是佛教徒，不是蘇菲派的信徒。

我不屬於任何宗教或文化體系。
我既非來自東方，亦非來自西方。

我既非來自海洋，亦非出自大地。
我非自然，非空靈，非由任何元素組成。

我既非此世界之一物，亦非彼世界之一物。
我非亞當夏娃之後裔，也無任何起源的故事可說。

我身處的是烏有之鄉，
留下的是烏有之跡。
我既非靈魂，亦非肉體。

我屬於被我愛的人，我看過
兩個世界合而為一。

這個合一的世界向吸著氣的人類呼喚而且洞悉
最初，最終，外在，內在。

✻聲音和影像之間有一條通道，
資訊在其中流動。

在自律的沈默中，它開啟；
在游談無根的對話中，它關閉。

註釋：

①參見「關於魯米」註釋③。

②蘇菲派的導師或徒眾，皆可稱為蘇菲。（中譯者註）

③原指自甘貧賤，沿門托缽的蘇菲派僧侶，後泛指所有蘇菲派僧眾，而不管其有否沿門托缽。（中譯者註）

4

春之暈眩：佇立在朝氣勃勃的氣息中

Spring Giddiness

關於春之暈眩

唯一與春天合拍的存在方式，看來就只有狂喜，任何其他的方式都與這個宜於靈魂生長的季節不搭調。歌聲、輕盈的靜謐、活潑的對話流淌在各種植物之間。在波斯和土耳其，春天是一個極度爛漫的季節，天、地與舒展於其間的萬物，全都銷融在強烈如酒的春意中。在這些福地，與其說春天是一個可以用來比喻豐滿的意象，不如說春天就是豐滿本身。而對神秘主義者來說，內心世界就是一個涵蓋宇宙萬有的春。

✻春天

再一次，紫蘿蘭向百合哈腰鞠躬；
再一次，玫瑰脫下她的晚禮服！

這綠油油，從另一世界
步履踉蹌地走來。

再一次，在山頂附近，
白頭翁綻放出甜美的容顏。

風信子向茉莉問安：
「願平安與你同在。」
「我也願你平安，老朋友！
請與我一起在草地上散步。」

再一次，蘇菲派的徒眾漫山遍野。

花蕾羞人答答，但風卻出其不意地
揭開她的面紗說：「嘿，老友！」

這裡的朋友，就像水之於溪，
蓮之於水。

水仙向紫藤眨眼說：
「你說什麼時候就什麼時候。」

丁香對柳樹說：「你就是我夢寐以求的寄託者。」

柳樹回答說：「歡迎你把我身上的孔洞視為自己的家！」

蘋果問橘子：「橘子，為什麼你要皺眉？」
「為了不讓那些想傷害我的人
看出我的美。」

斑鳩飛來並問：「在哪裡，
朋友在哪裡？」

夜鶯用肩膀指一指
玫瑰。

再一次，春之季節又來了，
生之泉源在萬物下方湧出。

天色已晚，許多該談的話還來不及談。
沒關係，今夜來不及，
還有明天。

✲樂音處處的所在

不用擔心這些樂音無可收藏！
即使我們一件樂器壞掉，
也不必介懷。

我們所墮入的，

是個樂音處處的所在。

即使全世界的豎琴盡皆焚毀，
仍然會有隱藏著的樂器在彈奏。

就好比蠟燭雖然熄滅，
但我們手上仍有燧石和火種。

歌唱的藝術是海濤的舒捲。
那優雅的舒捲
力量來自
隱藏在海底某處的一顆珍珠。

詩歌像浪花一樣
沿著岸邊捲起！

它們源出於一個
我們看不見的
緩慢而有力的根源。

現在停止說話。
打開你胸脯中央的窗戶，
一任精神騰飛而出。

✻大車

當我看到你的容顏，石頭開始旋轉。
你顯現；所有書本的學問變得虛浮。
我失去了依恃。

水變為了珍珠色。
火漸熄滅，失去破壞力。

在你的顯現中，我不再嚮往
我過去自以為嚮往的東西：
那三盞小小的掛燈。

在你的容顏中，古代的手卷，
像一面銹跡斑駁的鏡。

你呼吸；新的形相顯現了，
而一種慾望的音樂，像春天一樣廣被的音樂，
開始慢慢移動，
尤如一台大車。
　　　　　　　開慢一點。
我們走在旁邊的，有一些
可是跛腳的呢！

✲今天，就像平常的每一天一樣

我們帶著空虛與恐懼醒來。
不要打開書房的門，
不要閱讀。拿一件樂器來彈奏吧。

✲讓我們所愛的美成為我們所做的事情

有千百種下跪俯吻大地的方式。

✲有一片田野，它位於
是非對錯的界域之外。

我在那裡等你。

當靈魂躺臥在那片青草地上時，
世界的豐盛，遠超出能言的範圍。
觀念、言語，甚至像「你我」這樣的語句，
都變得毫無意義可言。

✲破曉的微風有祕密要告訴你

不要回去睡覺。
你必須開口要求你真正渴望得到的東西。
不要回去睡覺。
人們在兩個世界接壤的那道門檻
穿過來穿過去。

那門是圓的，而且開著。

不要回去睡覺。

✲我渴望吻你。

「要吻我，你得付出生命作代價。」

我的愛意奔向我的生命，說道：

「多划得來，讓我們把那吻買下來吧。」

✲白晝，我們的靈魂與你

一起共舞。

當我向你耳語這一刻，

你看得見他們嗎？

✲他們試著分別，你是屬精神的，還是屬肉慾的。

他們很好奇所羅門王和他的妻妾。

在世界的軀體中，

他們說，有著一個靈魂，

那個靈魂就是你。

不過，你我總是在彼此之中，這一點，

倒是從來沒人想到過。

✲在春天的時候，到果園去一遊吧。

在石榴花叢中那裡有光，有酒，有石榴花。

你不來的話，這一切都了無意義。
你來了的話，這一切也會變得了無意義。

✲春天是基督

每個人都吃飽和睡著了。屋子變得空蕩蕩。
我們走入花園，讓蘋果與桃子碰面，
幫玫瑰與茉莉捎口信。

春天是基督，
從裹屍布中喚起殉難的植物。
它們感激地張大嘴巴，渴望被親吻。
玫瑰和鬱金香散發的紅光顯示出
它們內裡有一盞燈。
一片葉子在顫抖。
我也在如絲綢的風中顫抖。
香爐被煽旺成烈焰。

風是聖靈。
群樹是瑪利亞。
看看丈夫和妻子，怎樣用雙手玩著微妙的遊戲。

來自亞丁灣的雲朵，如婚姻的風俗一般
投向這對戀人。

約瑟衣服的氣味吹送到雅各的鼻孔。
發自葉門的笑聲傳到了麥加的穆罕默德耳中。

我們天南地北地談這道那。除卻這些多出來的時刻，
別無安頓休息的時光。

✲展開你自己的神話

誰會起早，去弄清楚晨曦初現於什麼時刻？
誰會發現，我們在這裡困惑地團團轉如原子？
誰會帶著口渴，去到泉邊，看到映照泉水上的月影？
誰會像又老又瞎的雅各那樣，嗅著自己失蹤兒子的衣衫，
最後又得以復明？
誰會被遺棄在籃子裡漂浮，長大後卻成為先知？
誰會像摩西，在火中看到不可逼視的光明？

耶穌躲入屋內逃避敵人，卻發現了一扇
通向另一世界的門。
所羅門切開魚腹，在裡面找到了一枚金指環。
歐麥爾①怒氣沖沖入屋要殺先知，
卻帶著先知的祝福離開。

追獵一頭鹿可以把你引向意想不到的地方　！
貝殼打開蚌殼吞飲一滴水，
沒想到那會化為珍珠。
一個流浪漢在一個廢墟晃蕩，
不意發現了寶藏。

不過不要單單滿足於聽別人的故事，
不要單單滿足於知道
發生在別人身上的事情。展開你自己的神話，
讓每個人都明白經上這句話的意義：
我們打開了你。

舉步走向夏姆斯吧。你的雙腿會變得疲倦而沈重。
不過，到了一定的時刻，
你背上就會生出一對翅膀，
將你輕輕舉起。

✲ 不在日曆上的一天

這是春天，萬物欣欣向榮，
即使是那棵高大的柏樹亦不例外。
我們絕不能離開這地方。
我們在杯緣分享這句話：

我們的生命不屬於我們自己。

我們啜飲美酒，但不是透過唇。
我們睡覺，但不在床上。
讓杯子擦過你的前額。
今天是在生與死之外的一天。

棄絕其他人的想望，
這樣你就會得到安全。
「哪裡？哪裡我可以得到安全？」你問。

今天不是問問題的一天，
不是在日曆上的一天。
今天是自覺的一天。
今天是愛者，是麵包，是溫柔，
是顯現：超出能言之外的顯現。

思想從文字取得表現形式，
但今天的日光，
卻超出思考與想像力之外。
它倆都很渴，
但這樣，水面才得以保持平靜如鏡。
它們口乾舌裂、精疲力竭。

這首詩餘下的部分太晦澀了，
難望它倆能卒讀。

✲舞曲

能聽到舞曲的笛音
從大路上傳來，
是件多幸運的事情啊。
桌子就擺設在庭園之中。

今夜，我們會飲盡這裡所有的酒，
因為現在是春天。
我們是橫過海洋天際的雲，
或者是，被點燃的海洋裡的
斑斑點點。
當我講著這沒頭沒腦的話時，
我知道我是醉了。

你想看看那掉了半邊的月亮嗎？

✲我舌頭的形狀

在我裡面的鏡子映現出……
我沒法告訴你，但我自己不會不知道！

我跑出我的身體，我跑出我的靈魂。
我不屬於任何地方。

我不是活著的！
你嗅到朽壞的味道了嗎？

看這個擺在托缽僧袍服上的葫蘆瓜：
我看起來像任何你見過的人嗎？

葫蘆瓜內充滿汁液，
即使倒轉過來，也一滴不漏。

不過要是汁液掉落，它們就會掉落成神，
掉落成粒粒珍珠。

我化成了一片覆蓋大海的雲，
收集水露。

當夏姆斯（太陽）出現，
我就會化為雨。

一兩天後，百合吐蕊，
那是我舌頭的形狀。

✲小草

同一陣風
拔起了樹，
卻讓小草生輝。

尊貴的風
憐愛小草的柔弱。
千萬不要為強壯而自矜。

斧斤從不擔心樹枝有多粗。
再粗的樹枝也會被它砍成片片，
但它卻不傷害樹葉。

火焰從不考慮柴堆有多高。
屠夫從不會走入羊群。

何者才是實相的本型？
是柔弱。實相將天空像茶杯一樣
倒轉過來
蓋在我們頭上旋轉。
是誰在掌天空的輪舵？是宇宙的智慧。

身體的動作來自精神，
有如水車之依溪水轉動。

吸入呼出皆來自精神，
時而憤怒，時而平和。
風是破壞者，也是保護者。

那個完全順服的謝赫②說：
萬物非主，唯有真主。
祂是涵養萬有的海洋。

✻跟小孩玩耍的謝赫（導師）

一個青年四處打聽：
「我要找個智者。我有難題待解。」

旁人回答說：「在這鎮上，沒有比那邊那個
跟小孩們一起玩騎木馬遊戲的謝赫
更睿智的人。
他清晰銳利、目光如炬，並像夜空一樣
廣大莊嚴。但他卻用孩子的遊戲來隱藏這一切。」

青年走近孩子堆，向謝赫問道：
「把自己裝作小孩的先生，請你
為我解開一個祕密。」
「走開，這不是談祕密的日子。」
「求求你。只花你一分鐘。你繼續待在木馬上無妨。」
「有話快說。這是匹野馬，我可不敢保證牠不會踢到你的頭。」

青年覺得自己無法在這種瘋狂的氣氛中
問嚴肅的問題，便打趣說：
「我想結婚。在這街上，
有適合我的對象嗎？」

「世上有三類女人。其中兩類會為靈魂帶來憂傷，
另一類則是靈魂的寶藏。
第一類，如果娶她，她會全部屬於你。
第二類，如果娶她，她只有一半屬於你。
第三類，如果娶她，她一點也不屬於你。
好吧，趕快走開吧，
趁這馬踢到你的頭以前。」

謝赫騎著木馬，在小孩中間馳來騁去。
青年喊道：「請告訴我那三類女人
是什麼樣的女人！」

騎木馬的謝赫又趨近了青年。
「第一類是初婚的處女，
她全部屬於你。她會讓你感覺幸福與自由。
第二類是沒小孩的寡婦，她有一半會屬於你。
第三類完全不屬於你的，則是帶著小孩的寡婦。」
謝赫吶喊著，把木馬騎回了小孩堆中。
「請回答我最後一個問題，大師！」
謝赫正在繞圈圈。「什麼問題？快點！」
「你為什麼要隱藏你的智慧？」
「這裡的人把什麼事都往我身上擱。他們希望我
為他們做判斷，仲裁事情，解讀一切的文典。
但我所擁有的智慧卻不願意為他人作嫁。
它希望愉悅自己。我要自己種植甘蔗，

自己享受甘蔗的甜美。」

習來的知識
則與此迥異。飽學之士擔心的
是自己能不能取悅於聽眾。
那是一顆名利之餌。
這樣的知識，渴求聽眾。
有聽眾的時候，它精力充沛；
沒聽眾的時候，它垂頭喪氣。

唯一真正的聽眾是真主。
靜靜細嚼真主那甜如甘蔗的愛吧，
並讓自己長保赤子之心。
如此，你的臉龐將綻放出嫣紅之光，
像那盛開的紫荊花。

✲任由陷於戀愛中的人放浪形骸罷。
清醒的人老愛杞人憂天。
任由陷於戀愛中的人放浪形骸罷。

✲日日夜夜，音樂，
一首寧靜、明亮的
蘆笛之歌。要是

它消褪，我們也會消褪。

註釋：

①參考第十章註釋②。（中譯者註）

②參見「關於魯米」註釋④。（中譯者註）

5

不要走近我：感受分離的滋味

Feeling Separation

關於分離

我們對分離之所以感受深切，緣於我們領略過同在(union)的滋味。蘆笛能譜出妙韻，正因它體驗過泥土、雨露、陽光共同孕育出甜美的甘蔗①的過程。當然無法確知遠方的朋友會不會回返，你的思念將益發噬心刺骨。分離把你拉向了對方。

✲有時候我真的全然忘掉

有時候我真的全然忘掉
友誼是什麼。
不自覺甚至瘋狂地，
我到處撒野。關於我的故事
眾說紛紜；一段羅曼史，
一個猥褻的笑話，一場戰爭，或一段空虛。

將我的善忘隨便分割，
它會縈繞四周。

我奉行的這些餿主意，
是什麼陰謀的一部分嗎？

朋友們，小心，不要走近我，
不論是出於好奇，還是出於同情。

✲男人與女人的口角

沙漠裡的某夜，
一個貧困的貝都因婦人
對她的丈夫如是說：
「人人都快樂、富足，

除了我們！我們沒有麵包，
沒有調味料，沒有盛水的器皿。
我們衣衫襤褸，沒有毛毯可睡覺。
我們只好幻想滿月是個餅，
來望梅止渴。連乞丐
也把我們當笑話。

阿拉伯的男人本應都是慷慨的戰士，
但看你這副德性！有客人到來，
我們可能要趁他睡著時偷他的破衣服，
究竟誰令你淪落到
如斯田地？我們連一把扁豆也拿不出來！
十年來一事無成，這就是我們的寫照！

她繼續喋喋不休。

若果神是富足的，我們一定是信錯了一個騙子。
引領我們的究竟是誰啊？那個假貨，
永遠都託詞明天，說只要靈光一閃，你就會得到
一切的財富，嘿明天。

如眾所知，這個從來沒有實現。
不過我猜想，這偶然也會發生一兩次。有時
騙子的追隨者也會交上好運。不過我真想知道，
究竟為什麼我們要活得如此清苦。」

丈夫終於答嘴了：

「妳還要為銅臭而

抱怨多久呢？生命的湍流已經過去了。那些

短暫的事情又何必擔心呢？看看其他動物怎樣生活啊！

鴿子在枝頭上讚頌，

夜鶯嘹亮地謳歌，

小至蟻蟲，大至大象，所有的生物都信賴

上主的賜予。

妳的苦難原是信差，

留心聽它們，甘之如飴。

黑暗的長夜已將盡。

妳以前曾經年輕，又感到滿足，

現在卻為了錢，而惶惶終日。

妳本是財寶，本是美好的葡萄。

如今妳只是個爛果。妳原應愈變愈甜美，不意妳卻變壞。

妳是我妻子，應該和我一樣。

就像一雙靴子，如果一隻太緊，

就一雙都沒有用。

又如兩扇門，不對稱的話又有何用？

獅子又怎會和狼做夫妻。」

這個貧困而快樂的丈夫，就這樣子

指責他妻子，直到天曉。

他妻子反唇相譏：

　　　　　　「不要再說

你的地位如何尊貴，看看現實呀！

全然枉顧現實還自驕自傲是最要不得的。

就像身處寒冷的下雪天，

而你的衣衫又濕透！

這真教人受不了！

不要叫我做妻子，你這個騙子。

你只配和野狗爭骨頭。

你根本不是你裝出的那樣安貧樂道！

你是蛇，同時又是弄蛇人，

你不自知而已。

你用金錢來引誘蛇，

而蛇也在引誘你。

你滿口真主，令我提起那個字，

也要感到罪咎，小心啊！

那個字會荼毒你，若你要以此來

支配我。」

被她沙啞的謾罵聲

籠罩著，做丈夫的反駁：

　　　　　　　　「笨女人，

我的困頓正是我最深的喜悅，
這種清淡的生活是誠實和美善的。
這樣子我們就無所隱藏。
說我驕傲又貪婪，
說我是弄蛇人同時又是蛇，
其實妳才當之無愧。

妳在憤怒和希冀的當兒，
才把我錯看成那樣。
我對這世界一無所求。

妳像小孩，自己在團團轉，
轉多了還以為房子在轉。

妳的眼看錯了，只要耐心一點，
在真主之光的引導下，
妳自會看到我們的生活充滿喜悅。」
彆扭還在鬧
竟日不輟，還沒有休。

整晚所說的都是惡毒的語言，
揭我最見不得人的瘡疤。一切的關鍵
在於妳還愛不愛我。
悠悠長夜將會過去，
然後還有很多工作要做。

✲一個空心蒜頭

你錯失了整個果園，

只為了無名樹上一個小小的無花果。

你見不了那個美女，

只為了你要和一個乾癟的老太婆調笑。

看著她這樣耽擱你，我就想哭。

滿口酸臭的，有一百隻爪，

頭顱貼在屋頂上向你籠罩，

味同嚼蠟的果，層層疊疊，空心的

像乾爛的蒜頭。

你為她衣帶漸寬

縱然她身上全無養分。

死亡會睜開你的眼，

讓你看清她那

像黑蜥蜴背甲的真面目。

我言盡於此。

靜靜地躺下

歸向你真心之所喜。

✲潛水夫的服裝

你現在正坐在我們身旁，但你又正在
黎明的田間漫步。當你決定跟我們一起狩獵的時候，
你自己就變成了獵物。
你處身自己的軀體，正如樹木生長在地上一般牢固。
可是你又是風，你是躺在沙灘上
潛水夫的空衣服。你又是魚。

海洋裡無數明明滅滅的沙磯，
像翅膀展開時
看到的脈理。
你隱藏的真我是那脈理的血，
是那琵琶的弦，譜出海洋的樂章。
並非傷感的海岸，而是無岸之音。

✲我最壞的習慣

我最壞的習慣是我厭極了冬季。
我根本在折磨我身邊的人。

若然你不在，什麼都不生長。
我結結巴巴，所要說的，
全都打結。

如何驅除壞水？把它送到河流。
如何驅除壞習慣？把我送回你身邊。

凝望你所愛的朋友，能望多久就多久，
不論他正離你而去
還是將快回來。

✻勿讓惶恐把你的喉頭收緊

日以繼夜，努力呼吸，
在死神闔起你嘴巴以前。

✻糖的溶劑

糖的溶劑，溶解我吧，
若這是適當的時候。
請輕柔地進行，用手輕觸，或用一個眼神。
我每天黎明都在等待，因為這樣的事情
以前也是在黎明時分發生。
又或請突然地進行，像處決人犯一樣。
不如此，我又怎能餘裕地面對死神呢？

你活得像行屍走肉。
你悲傷，而我好像愈變愈輕。

你用你的胳膊把我推開，
但這種推開正是一種拉近。

✲蒼白的日光，
蒼白的城牆。

愛離我遠去，
日光更迭。

我需要神的恩賜，
比我從前想的更多。

註釋：

①甘蔗也是蘆葦類植物的一種，其莖可製作蘆笛。（中譯者註）

6

節制欲求：你是怎樣殺死你的雄雞的？

Controlling the Desire-Body

關於欲求

蘇菲派把人的欲求稱為納法斯(nafs)。從戀人對彼此的渴望，到遁世者(sannyasin)對真理的追求，都是欲求，都有一隻看不見的手在背後把他們往前推。每一推，都讓我們更接近一步大海。魯米指出，當欲求出現的時候，迴避不是明智之舉。據說，他有一次被問到，應該把某個幹了下流勾當的年輕人怎麼辦（這傳說沒有說明年輕人幹的是什麼勾當，有可能是手淫，也有可能是偷窺之類的事情）。魯米告訴問他的人，不要為這件事情緊張兮兮，並說：「他做這件事情，表示他已經開始長出自己的羽毛。真正危險的事情是一個孩子在還沒有長出羽毛以前就離開鳥巢，貓只要一撲就可以把他給抓到。」但魯米又顯出，性應該以追求狂喜恍惚的境界為目的，單為發洩而進行的性是可恥的。在魯米的語彙中，雄雞是性欲的象徵。

那麼，胡珊是怎樣殺死他的雄雞的呢？像遊戲一樣不斷把一組欲求轉化為另一組欲求，讓它們在不斷轉化的過程中消解於無形。你在河中放上任何障礙物都不可能抵擋河水的力量，倒不如一任河水自你身上潺潺而過。從那自你身上流淌而過的河水，你將能領略到什麼叫清新與深入骨髓的歡娛。

✻真正的男人

某人向埃及的哈里發①進言：
「摩蘇爾國王有一姬妾，
美得無可比擬，
也超出我口舌所能形容。
請看。」
說罷，就在紙上畫下她的長相。

哈里發手中的酒杯掉到了地上。
他馬上派出將軍，
連同數千軍隊，向摩蘇爾進發。
戰事持續一週，
死傷無數，城池和塔台像玩具一樣
一一倒下。摩蘇爾王派來使者問道：
「何以要進行這些殺戮呢？
如果你想要我的國家，
我可以拱手相讓！
如果你想要的是金銀財寶，
就更不成問題。」

將軍拿出畫像說：
「我要的是這個。」
摩蘇爾王聞言，立刻派人回話說：

「把她帶走。偶像應該屬於崇拜偶像的人。」

將軍一看到那美女，就立刻像哈里發一樣
愛上了她。
不要覺得可笑，
因為，這種愛，是宇宙愛的一部分；
沒有這種愛，世界就不會演變成今天的樣子。
沒有那種追求完美的愛的衝動，
無生物就不會演變為植物，
植物也不會演變為精神。

將軍看到那女的出現在他的睡夢中。
他跟她的幻影交合，
精液迸射而出。

醒過來後，
將軍才明白自己不過是在做夢。
「我虛擲了我的種子。我要
找那個耍了我的女人討回公道。」

一個不能控制自己身體、
把精液虛擲到泥土中的領導者，
是個不值得被敬重的人。
如今，將軍已完全失去自制力。
他不再管什麼哈里發，也毫不在意
自身的安危。

「我戀愛了。」他說。

人不應該在像這樣的狂熱中行事，
應該先跟自己的理智商量。
但將軍卻沒管那麼多。

他的迷亂像一道逆流，把他沖向大海。
某個不存在的幻影
出現了在漆黑的井底中；
雖然只是個幻影，
卻引得一頭猛獅跳入井中。

另一個忠告：讓另一個男人，
跟你的女人有親密接觸，是件
危險的事。
讓乾柴與火種湊在一起，
而不引起熊熊烈火，
難上加難。

將軍沒有直接班師回朝，
相反的，他讓軍隊駐紮在一片偏僻的綠草地。
他已慾火焚身，分不出天和地。
哈里發在他眼中變成一隻蚊蚋，毫無份量可言。

將軍扒扯下美女的衣裙，
躺在她兩腿間，用陽具對準

目標。突然，帳篷外
傳來士兵們極大的騷動聲。
他一躍而起，光著屁股
手持彎刀，奔出了帳篷外。

原來，一頭來自附近沼澤區的黑獅
竄入了馬群中。混亂。
牠一躍二十英尺高，
整個軍營像海洋般波動了起來。

將軍迅速逼近猛獅，一刀
把牠的頭劈成兩半，
然後回到帳篷內。
他的陽具依舊挺立。

將軍與美女繾綣，激烈的程度
不亞於與猛獅相鬥。
他的陽具自始至終保持挺立，
也沒有射精。
那美麗的女子驚異於將軍的男子氣概，
以極大的熱情迎向他的熱情。
兩個靈魂從他們身上脫出，合而為一。

當任何兩個人如此緊緊糾纏在一起時，
都總會有一個第三者，
從不可見的世界那邊，注視著他們。

如果沒有避孕的話，它有可能會誕生。
但不管有沒有避孕，它總在那裡。
在兩個人結合時，
不管那是愛的結合還是恨的結合，
都會在靈魂世界裡產生一個第三者。

你到那裡，就會認出他們。
任何結合都會帶來後裔。
所以務必要小心謹慎。
在你要跟某人結合以前，
務必考慮清楚。

那些本該誕生卻得不到誕生的小孩，
他們甚至至今還在向你號哭呢：
「別丟下我們，回來。」
要千萬留神這一點。只要一男一女在一起，
就會種下一個精神之果。

但將軍沒有留神。
他像一隻附在牛奶上的蚊子一樣，
完全沈迷在他的愛情中。
但有一天，將軍突然覺得膩了，
決定要把美女帶回去見哈里發。
他對那女子說：
「不要對哈里發洩漏一字一句。」

他把她帶到哈里發面前，哈里發大為震動。
她比他想像的還要美上一百倍。

某人問一個能言善道的導師：
「什麼是真，什麼是假？」
「這就是假：蝙蝠躲的是太陽，而非太陽的觀念。
讓蝙蝠感到害怕而躲到洞窟中的，是太陽的觀念。
你因為有敵的觀念，才會與某些人為友。

摩西，啟示的內在之光，
他燃亮了西奈山之巔，
但西奈山卻承受不了這光。

不要再像這樣自欺下去了！
不要把觀念與真實混淆。

戰爭的觀念並未包含勇氣。
澡堂裡掛滿描繪英雄事跡的圖畫，
充斥關於英雄事跡的談論。
試著用你的眼睛代替耳朵，
那樣，你那被羊毛覆蓋著的耳朵，
就會變得像光束一樣銳利明敏。」

哈里發狂熱地戀著那摩蘇爾美女，
他的王國，也像閃電一樣快速消失。
當你愛得盲目的時候，你就要提醒自己：

任何會消失的東西都不過是一場夢，
不過是嘴巴裡吹出來的一口氣。
它有可能會殺死你。

有些人說：「沒有事物可以長存。
如果有另一個實在界，
我們應該會看得見，應該會知道。」
他們錯了。

難道因為小孩不懂邏輯推理，
我們大人就要放棄邏輯推理了嗎？
有人感受不到愛呈現在整個宇宙萬有中，
並不表示它不存在。

約瑟的兄弟看不出他的美，
可他的父親雅各看得見。
摩西起初在西奈山頂，
看到的只是灌木叢，
但他的第三隻眼卻看出，
那是一尾會致人痛苦的響尾蛇。
肉眼所見，經常都會跟內在的智慧相衝突。
摩西的手不只是一隻手，它還是光的泉源。

這類事情像無限一樣真實，
不過某些人卻以為那不過是宗教狂想。
對這些人來說，只有性器官和消化器官

是唯一的真實。

不要跟這種人談「朋友」的事。②
讓他們上他們的教堂，我們上我們的教堂。
不要在懷疑論者或無神論者身上
浪費時間。

有一天，哈里發生起了
與那美女做愛的念頭，
便直趨她的房間，
要把欲求付諸實行。

然而，當哈里發躺向那美女的時候，
真主向他發出了禁令：
一陣細微的、像老鼠的聲音，
在房間裡響了起來。

哈里發以為那是蛇的聲音，
從草蓆上一驚而起，陽具也隨之
委頓下來。
美女見狀，回想起
將軍殺獅子時陽具依舊挺立，
兩相對比，不禁失聲大笑。

她的笑聲又久又響亮。
她像個吸了哈希什的人一樣，

入目的一切盡皆變得可笑。

每一種情緒都不會來得無緣無故。
哈里發被美女的笑聲弄得很不是滋味，
便抽出利刃問道：
「什麼事讓妳覺得那麼可笑？
把妳心裡所想的一切告訴我。
這一刻，我擁有無比精確的直覺，
可以判別出妳所言的真偽。
如果妳膽敢撒謊，我就要妳身首異處；
如果妳說真話，我就回復妳自由之身。」

他把七本《可蘭經》疊在一起，
發誓絕不食言。
當女郎恢復了自制，
便向哈里發和盤托出，
將軍怎樣在殺獅以後，
陽具依然保持挺立。

隱藏著的東西總有一日會冒出頭來。
所以，千萬不要播下壞的種子。
雨水和太陽會使它們發芽茁壯，露出地面。
春天會在樹葉黃落以後來到，
單這一點就足以證明復活之說的可信。
祕密會在春天洩漏出來。

憂慮會變成宿醉的頭疼。

可是酒又是誰決定要喝的呢？想一想吧。

一簇盛開的花不會像種子時候的模樣，
一個人也不可能肖似精子的模樣。
耶穌來自迦百利的氣息，
但他和迦百利沒有一點相像之處。
沒有一條河的源頭會像它流向的地方。
我們不會知道自己的痛苦源起於何處。
我們不會知道我們的行為會導致什麼樣的結果。
不知道也許是件好事，
否則我們可能會為之深深憂傷。

哈里發恢復了他的仁慈。
「我被權力的驕傲沖昏了頭，
才會去強搶別人的女人；這樣，
別人會來敲我的門，
也就是件自然不過的事情。
任何犯通姦的人等於是在
為自己的太太拉皮條。

你傷害某個人，等於是
把傷害指向自己。我的不義之舉所帶來的
是一個朋友的背叛。
這種因果循環必須讓它中止。

我會把你送回將軍身邊。
我會告訴他：
因為其他姬妾嫉妒，
我不宜把妳留在身邊；
而由於把妳從摩蘇爾帶來，
是他的功勞，
所以我把妳許了給他。」

這是只有先知才有的男子氣概。
哈里發雖然在性能力上不濟事，
卻一點無損他威風凜凜的男子氣。

真正的男子氣概，表現在
克制肉慾的能力上。
將軍的性慾雖然強盛，
但跟哈里發的高尚相比，
不過有如一粒穀殼。

✲紋身

在卡什溫，人們有紋身的風氣，
說是此舉可以帶來好運。
他們用藍墨水，把圖案紋在
背上、手上、肩上各處。

某人去到紋身師傅那裡，
要求在他肩胛上
紋一頭威猛的藍獅。「使出你的看家本領吧。
我要一頭騰起的獅子。我希望背上是一大片的藍。」

不過，紋身師傅才剛動針，
那人卻殺豬似的喊了起來：
「你在幹什麼？」
「紋獅子。」
「你從牠什麼部位開始紋起？」
「牠的尾巴。」
「好，尾巴不用紋了。獅子的臀部
實在不怎麼體面。」

紋身師傅繼續動針，但那人又立刻叫了起來：
「哎喲喲，現在紋的是什麼部位？」
「耳朵。」
「給我紋一頭沒有耳朵的獅子吧。」

紋身師傅搖了搖頭。
他再一次動針，哀號聲再一次響起。
「現在又是什麼部位？」
「腹部。」
「我喜歡沒有腹部的獅子。」

紋身師傅愣在那裡好一會兒，手指咬在嘴裡。

最後，他把針線丟到了地上。
「從來沒人對我提過這樣的要求。創造一頭
沒尾巴、沒頭、沒身體的獅子，
這可是連神也束手無策的啊！」

弟兄，忍住疼痛。
不要被感官的毒藥所捆綁。
如果你做到了，天空就會向你致敬。
學會燃點蠟燭。與太陽同時起床。
遠離睡眠的暗窟。這樣，
刺就會蛻變為玫瑰，
個別就會煥發成普遍。

怎樣才能讚誦？
把自己化為微粒。

怎樣才能認識真主？
在他的存在裡燃燒自己。燒起來吧。

銅會在煮熱的煉金液裡溶解。
所以，也讓你自己
溶解在那維繫存在的化合物裡吧。

你把兩手握緊，
死也不肯不說「我」和「我們」兩字。
你不知道，

這緊握會擋你的路。

✲火之中央

不要再給我酒了！
濁的紅酒和清的白酒
都已提不起我的興致。

我現在渴飲的是我自己的血：
向行動田野移動的血。

抽出你最利的劍，
猛砍我，直至我的頭
在脖子上旋轉為止。

堆一個像這樣的骷髏之山。
把我車裂。

不要因我的求饒而停手！
不要聽我說的任何話。
我必須進入火之中央。

火是我之子，
但我必須在火中燃燒，
讓自己

也化為火。

為什麼柴火裡會有劈啪聲和煙霧呢？
因為柴跟火還在爭論不休。
火說：「你太厚重了，走開。」
柴說：「你太輕飄飄了，不若我實在。」

這兩個朋友在黑暗中吵個不停。
像個沒有臉的流浪者。
像隻強有力的鳥，
但卻棲踞在枝頭上，不肯動半下。

對於那些仍然被欲求糾纏著的人，
我能對他們說些什麼呢？

把你的水罐砸向石頭吧；
既然四周盡是汪洋大海，
你還要水罐何用？

像個純粹的精神那樣躺下吧，
讓身體的被子把你蓋上，
像新郎為新娘蓋上被子那樣。

✲有一個人，帶著半片麵包，
遁隱到一個鳥巢般大小的住處。
他無欲無求，

也不思念任何人。

他有一封寫給每個人的信。你打開它。
上面只寫著一個字：活。

✲即使苦苦追問，
奧祕仍然不會為你揭示。

除非你能讓眼睛與欲求
保持五十年靜止不動，
否則你不會從渾沌中甦醒。

✲穆罕默德與大食客

胡珊要求我們從《可蘭經》的第五卷開始。
胡珊啊！你是真理之光，導師中的導師，
要不是我們人類的喉嚨太狹窄，
我就能給你恰如其分的讚誦；
就能
用俗世語言之外的語言歌頌你。
家禽又怎能與飛鷹並論？
但我們別無他法，
只能把我們這摻著假漆的油漆漆上。

我不會跟唯物主義者論道。當我提及胡珊，
我只會跟那些明白精神奧祕的人為伍。
讚美，不過是為了拉起窗簾，
好讓他的特質能夠穿進來。
當然，太陽本身，
還離得我們很遠很遠呢。

出言歌頌的人，無異於
是在歌頌自己。他的歌頌不啻是在說：
「我的眼睛是明亮的。」

出言批評的人，無異於
是在批評自己。他的批評不啻是在說：
「因為我的眼睛充滿嫉妒之火，
所以不是十分明亮。」

如果有人想成為另一個太陽，
想讓已腐臭之物復歸新鮮，
不要訕笑他。

也不要
忌妒想成為此世界的人。

胡珊就是我所說的太陽。
他既非心靈所能理解，也非話語所能言詮。
但我們還是會試著

用左支右絀的言詞去作言詮。
無法一口吸盡漫天甘霖，
不表示無法啜飲一口雨水。
無法抓住奧秘的果核，
總可以撫觸奧祕的果殼吧？

胡珊可以更新發自我口中、你口中的話語。
相對於你內裡固有的智慧，我的話語只是空穀殼。
你的智慧是廣大的外太空，
我的話語不過是地球的大氣層。

敬畏是藥膏，
可以治癒我們的眼疾。

恆常聰敏地聆聽。
像一棵高舉手臂的棗椰樹那樣，
站在開闊之處。不要像老鼠一樣
忙於在地底下鑽洞，忙於在某些
陳腐的教義迷宮裡打轉。

小知小識會讓人目盲。有四種個性會讓人遠離愛。
《可蘭經》稱之為四種鳥。
以真主之名起誓吧，
起誓斬掉那四種壞鳥的頭。

四種壞鳥是：

色慾的雄雞、好名的孔雀、
貪婪的烏鴉和急性子的鴨子。
宰殺牠們，轉化牠們，
使牠們變為無害之物。

你的內裡有一隻鴨子。
牠的嘴巴從不歇息，亟亟在乾土和濕土裡找尋食物。
牠讓人想起，一個闖空門的小偷。
小偷翻箱倒櫃，心裡一直著急：
「沒時間了！
我不會再有下一次機會！」

但一個完人卻要鎮靜和深思得多。
他和她不會擔心被打擾。

但鴨子卻因為害怕錯失良機而失去了從容，
這種害怕也大大增加了牠的飢餓感。

話說有一次，一大群無信仰者
去見穆罕默德，因為他們知道，
穆罕默德會給他們吃喝。

穆罕默德對他的朋友們說：
「請你們在這些人中間，各帶一個回家，
好好接待。
你們都接受過我的款待，

現在，就請你們把他們當成是我來款待。」

每個朋友都選擇了一個賓客，
不過，卻留下了一個大塊頭沒人挑。
他獨坐在清真寺門外，
像是被留在杯底裡的茶渣。

穆罕默德把他領到自己家裡。
這個人毫不客氣地開懷大嚼，
共喝掉七頭羊的奶，
吃掉十八人份的食物。

穆罕默德家裡的人都忿忿不平。
當大食客就寢的時候，一個小心眼的女僕
出於報復心理，
用鐵鍊把他的房門緊緊鎖死。
半夜時分，大食客
感到肚子一陣劇痛，醒了過來。

他想去方便，但一推門，
卻發現門是鎖著的！
他試著用東西把門挑開，
卻一點都不管用。
肚子的疼痛越來越烈。
他躺回床上，迷迷糊糊昏睡過去。
夢中，他看見一個可解手的地方。

他夢見自己只有一個人，
便拉了一大坨又一大坨。

未幾，大食客醒過來，
發現覆蓋在四周被鋪上的，
全是糞便。
他因為羞慚而渾身發抖。

他心想：「我睡著的時候比醒著的時候還要糟糕。
醒著的時候，我只是大吃大喝而已；
睡著的時候，卻弄出這個來。」

他痛哭失聲，極度侷促不安，
翹盼著破曉的來臨和房門開啟的聲響。
他希望，在別人發現他幹的醜事以前，
自己能先溜走。

我會長話短說。房門打開了。他得救了。
穆罕默德在黎明時來到他門前，把門打開。
他隱起形來，讓那人不會感到丟臉，
讓那人可以逃走和清洗自己，
不用與開門的人打照面。

只有像穆罕默德這樣完全浸沈在安拉之中的人
才會做出這樣的事來。穆罕默德看得見
夜裡發生的一切，

但他沒有在大食客急著解手的時候放他出來，
而直等到該這樣做的時候才這樣做。

很多行為，看似殘忍，
其實卻是發自深刻的友誼。
很多看似破壞性的工作，
其實目的是為了更新。

稍後，一個愛管閒事的僕人
帶穆罕默德去看大食客睡過的床鋪。
「看看你的客人幹了些什麼好事！」

穆罕默德微笑著說：
「給我去打一桶水來。」

旁邊的人聞言大驚失色：「不，讓我們來負責清洗。
我們活著的目的就是為服侍你。
這種粗活應該由我們來做。
你是心的照料人。」

「我明白，但這是特殊情況。」

一個聲音在他內裡說道：「在清洗這被鋪的工作中
蘊含著大智慧。清洗它們吧。」

這時，先前弄髒被鋪的那個人又回來了，
原來他忘了帶走一個常常戴在身上的護身符，

現在回頭來找。

他走進房中，一眼看見
上主的手，正在清洗他那些髒不可言的穢物。

他頓時忘了找護身符這回事。
一種大愛一剎那間穿透了他。
他撕破自己的衣衫，以頭撞門和牆。
血從他的鼻孔中流出。

屋內的其他人紛紛向這房間走來。
他尖叫著說：「不要管我。」
他一面搥打自己的頭，一面說：「我不明白！」
他俯伏在穆罕默德腳前。

「你是全體，而我只是微不足道的零碎，
我不敢正視你。」他顫抖著懺悔說。

穆罕默德彎腰把他扶起，擁抱和輕撫他，
開啟了他的內在智慧。

雲朵流淚，花園就會開花。
嬰兒哭，母奶就會溢出。
萬物的哺育者說過：讓他們盡情地哭罷。

雨的淚與太陽的熱共同
滋育我們。

讓你的智慧保持熾熱，
讓你的淚水保持閃耀，那麼
你的生命就會日新又新。
不要介意像小孩般愛哭。

讓身體的需要萎縮，讓靈魂的決定權提升。
減少對肉體的供養，
你的心眼就會張開。

讓身體保持虛空，
上主會用麝香和珍珠母填滿它。

聆聽先知之言，莫聽小孩的話。
精神生活的地基和石牆
是由自律所打造的。

找志同道合的朋友相互扶持。
跟他們一道研讀神聖的經典，
討論彼此的言行舉止，
一起修持。

✲齋戒

空虛的胃腸裡隱藏著甜美。
我們是琵琶，不多，也不少。

如果音箱裡塞滿東西，將無音樂可言。
如果我們能透過齋戒，
燒淨腦和胃腸內的渣滓，
那新的樂音，將無時無刻不自火中升起。
霧消散了，新的能源使你可以
風也似地奔上擋在面前的階梯。
讓自己虛空，好能像蘆笛一樣吹奏出妙韻。
讓自己虛空，好能像蘆筆一樣書寫出奧祕。
當你肚子裡塞滿酒食，一個醜陋的
銅像就會占據了你精神原來的坐處。
當你齋戒，
好習慣就會像一群
有心幫忙的朋友那樣向你靠攏。
齋戒是所羅門王的指環，不要把它
拱手讓渡給某些幻象，
讓你自己失去力量。
不過，即使你確曾失去自制與力量，
只要你恢復齋戒，
力量就會再度降臨，
有如出其不意出現在地面上的士兵。
一張桌子降臨在你的帳篷。
耶穌的桌子。
當你齋戒，這張桌子就會出現，
桌上擺滿

比甘藍菜湯更好的食物。

✲起誓

你走路一向慢得可以。
你捧著怨恨已經很多年了。
捧著這麼重的東西，你怎麼會走得快？
有那麼大的執著，你怎麼到得了任何目的地？

想能一窺奧祕，你就得讓自己變得像天空一樣廣大。
目前為止，你只不過是黏土、水和爛泥巴的
混合物。

亞伯拉罕知道，日月星辰的設定者是誰。
他說：**我不會再把自己視為上主的助手**。

你太微弱了。把一切交托給上主吧。
大海會照顧每一道浪濤，
直至它們登岸為止。
你需要的幫助大得超乎你自己想像。
以真主的名起誓吧，
像祭司在宰殺祭品以前那樣起誓。

起誓棄絕你的舊我
以便找到你的真名。

✲讓自己斷奶

一點一點，慢慢讓自己斷奶。
這就是我要述說的要旨。

胚胎從母親的血液獲取滋養，
嬰兒從母奶獲取滋養，
小孩從固態的食物獲取滋養，
追尋者從智慧獲取滋養，
獵人從無形的獵物獲取滋養。

你告訴還在母腹中的胎兒：
「外面的世界廣大而富麗。
麥田與山野處處，果園在盛開。

晚上，天上千萬繁星閃耀；
陽光普照的大白天，
紅男綠女在婚宴中翩翩起舞。」

你問胎兒，外面的世界那麼美妙，
為什麼他還要閉著眼睛，
蜷曲在母親漆黑的子宮之中呢？
請聽胎兒的回答：
「沒有什麼『外面的世界』這回事。
我只相信我所經驗到的世界。

你所看到的一切一定都只不過是幻覺。」

✲冥想之後

我發現我的聽眾
不打算讓我繼續這樣下去。

海水打向岸邊，
捲起浪花，
然後退卻。

待會兒，
它又會再次回來。

我的聽眾希望聽更多
有關那蘇菲和他的朋友們
一起冥想時發生的故事。

但要有辨識力。
可不要把這故事中的角色，
當成是尋常故事中的尋常角色。

話說，當蘇菲與朋友們結束冥想以後，
便開始一起用餐。

蘇菲記起了那頭

揹他走了一整天路的驢子。

他囑託朋友家的僕人說：「有勞你，
到馬廄去，把大麥和稻草和在一起，
餵我的驢子。謝謝。」

「您不用操心。
這些事我都會料理妥當。」

「不過，還是請你務必先用水浸濕大麥。
因為我那頭驢子，年紀已大，牙齒不太管用。」

「你何必教我這個呢？
我懂得怎麼個做法。」

「能不能請你先把鞍座卸去，
再為牠的傷處抹些藥膏？」

「我侍候過千百個客人，
從沒有對我表示不滿意的。
在這裡，你被當成是主人的家人。
不必擔心這擔心那，盡情享受吧。」

「不過可不可以請你先幫牠把水溫一溫，
加進牠大麥中的稻草也不要太多？」

「先生，我覺得你太小看我了。」

「還請你把馬廄地上的石頭和糞便清一清，
再在上面撒些乾燥的沙土。」

「先生，拜託，
把這些事交給**我**！」

「你會幫牠梳梳背上的毛嗎？
牠喜歡那樣子。」

「先生，這些我都會做，
不勞你來吩咐！」

僕人轉身，急急忙忙地走到……
街上，和朋友們碰面。

蘇菲躺下睡覺，
做了一些關於他那頭驢子的惡夢：
要不是夢見牠被狼撕成片片，
就是夢見牠摔在壕溝裡，
無助地哀鳴。

他的夢是真的！
他的驢子真的完全被丟下不管，
整個晚上既沒有吃，也沒有喝，
身體變得極衰弱，直在那裡喘大氣。
那僕人沒做半件他說他會做的事情。

在你一生中，一定會碰到
無數類似的空頭支票。照顧驢子的事情，
千萬要謹慎。

不要假手於人。
很多偽善者都會在你面前說好聽的話，
可事實上，
他們壓根兒不會管你心驢的死活。

獵食你真正的滋養物時，
務必要像頭獅子一樣勇猛專注，
絕不要被任何的甜言蜜語
分了心。

✲在門外守候的狗

當你的靈魂落入欲求的主宰時，
情形就好比：
你有一塊上好的亞麻布，
本想用來做成衣服，送給友人，
不料，
別人卻強拿你的亞麻布
去做了一條褲子。
在這種情形下，亞麻布除了就範以外，

別無選擇。

情形又好比：
有人破門而入你家，
在花園裡遍植有刺的灌木。

又好比：
你看到一頭牧人的狗
守在帳篷之外，牠的頭
擱在門檻上，兩眼闔上。

小孩拉牠尾巴、摸牠臉龐，
但狗一動不動。因為
牠喜歡小孩注意牠，所以對小孩分外順服。

不過，每當有陌生人經過，
牠就會一躍而起，狂哮怒吠。

一個托缽僧走近牧人的帳篷，
狗立刻向前要咬他。
托缽僧喊道：「要是這狗膽敢咬我，
我就只能指望上主保護了。」
不料狗主人從帳篷裡傳出話來：「我跟你一樣！
就是在我自己家裡，我也拿牠一點辦法都沒有！

就像你沒法走過來，
我一樣被困在帳篷裡

出不去了！」

一旦欲求變成了你駕馭之外的怪物，
牠就會毀了你生活的清新與美。

想想帶這樣的狗去打獵
會有什麼後果。
你會成為獵物！

✻你身上發出的光，
並非來自某個子宮。

你的容顏，並非源於精液。
不要試著隱藏
那無法隱藏的怒氣。

✻照顧兩家店

你走遍世界
也休想找到一個可以安全藏身的洞。

沒有一個洞穴裡沒有猛獸！
如果你與老鼠同住，
貓爪子就會臨到你身上。

唯一真正安詳之地，
是與上主的獨處。

住在你所從來的無有之處，儘管
你在這世上已有一住址。

那正是，為什麼你會有
兩種看待事物的方式的原因。

同一個人，
有時你會把他看成令人戰慄的毒蛇，
有時你會把他看成令人愉悅的愛人。
兩種看法都沒有錯！

每樣事物，都有好壞兩面，
像頭有黑白兩色的牛。

約瑟在兄弟眼中是個醜漢，
但在父親眼中卻是個俊男。

你擁有兩家店。
為了照料兩家店，
你兩頭奔跑，
忙得不亦樂乎。

關掉那家
越來越走入死胡同的店吧。

不管怎麼移動，你聽到的聲音都是「將軍！」

繼續經營那家
你不再賣魚鉤的店。
你就是那尾在水中自由自在的魚。

✻想像你是一隻飛出懸崖邊緣的鷹。
想像你是一頭在森林裡踽踽獨行的虎。
當你在尋找食物時，你是最英俊的。

少跟夜鶯和孔雀打混。
前者只有聲音可取，後者只有顏色可取。

註釋：

①哈里發 (Caliph)：意謂「繼承人」，原指穆罕默德的繼承人，後泛指回教國家的政治兼宗教領袖。(中譯者註)

②在魯米的詩中，「朋友」常常是用來象徵真主的字眼。(中譯者註)

7

祕談：河邊的會晤

Sohbet

關於祕談

Sohbet 這個波斯詞在英語中沒有對應的概念，它的意思接近於「關於神祕事物的神祕談話。」魯米的詩歌常常包含著內外不同層次的對話。外在層次的對話可一目了然地見於他詩歌的那些方括號之中，而內在層次的對話則滲透隱現於他詩歌的全部肌理中。不同層次聲音之間的轉換是不同實在(reality)之間的頻率轉換。而這也是為什麼魯米詩中的代名詞會讓人覺得游移不定的原因。通常，魯米詩中的「我」指涉的是作為說話者的那個有血有肉的人格我，而「你」則指涉那個無形無影的顯現者；但有時候，令人訝異的是，那個無影無形的顯現者又會反過來透過詩歌對魯米說話。即使在一首很短的詩中，我們也可以發現多個不同的聲部在來回應答。魯米的詩像是一道旋轉門，容許「內在的我」和「外在的我」輪流站出來當說話主體。這種發言位置的擴張和對比，正是魯米詩藝的一大扣人心弦處。依魯米之見，萬物莫非對談(Everything is conversation)。

人類就是言說(discourse)。不管你開口與否，言說都會從你身上流淌而過。每一件事情都灌注著歡樂與溫暖，因為言說的愉悅，無時或止。

——《言說》第五十二篇

魯米的詩歌把層層交織的言說海洋反照到我們眼前，它們是那麼的精微而流動不居，直叫一板一眼的文法學家大歎摸不著頭腦。

✲夜裡的對話

我在夜半呼喊：
「誰生活在
我所擁有的這愛中？」
你說：「是我。可是我在這裡並不孤單。
為什麼會有這麼多影像在我周遭呢？」
我說：「那是你自己的影像。
你們就像土耳其斯坦
邱吉亞地方的居民一樣，
彼此肖似。」

你問：「但這另一個活物是誰？」
「那是我受傷的靈魂。」
然後，我把這個靈魂
抓來到你的面前。
「這是個危險人物，
不要輕易放他走。」我說。

你眨眼示意明白，然後給了我
一條細索。
「把繩拉緊，但不要把它扯斷。」
我伸手要
觸碰你，但你把它拍開。

「為什麼你要對我這麼兇？」
「自然有理由，但絕不是
為了趕你走！**任何來到這地方，**
卻說出『我來了』之類的話的人，
都應該被掌摑。
這裡不是羊圈。
這裡不存在任何距離。
這裡是愛的聖所。
擦亮你的眼睛，
用愛來看清楚愛。」

✲門裡門外的對話

你說：「誰站在門外？」
我說：「你的僕人。」

你說：「你想要什麼？」
我說：「見你並向你叩頭。」

「你會在外頭守候多久？」
「直到你傳喚我為止。」

「你會烹煮自己多久？」
「直至復活日的來臨。」

我們隔著一道門對談。我聲稱
自己擁有大愛，聲稱
為了這愛，我不惜捨棄了
世界所給予我的一切。

你說：「你需為此提出證據。」
我說：「我的思念、我的眼淚可以為證。」

你說：「那是不足取信於人的證據。」
我說：「怎麼會！」

你說：「你跟誰一起來？」
　　「你給我那個莊嚴的想像。」

「為什麼你要來？」
　　「你酒中的麝香氣滿溢在空氣中。」

「你的目的是什麼？」
　　「友誼。」

「你想從我這裡得到些什麼？」
　　「恩寵。」

接著你問：「在你去過的所有地方之中，
那個地方最讓你感到舒適？」
　　「在宮殿中。」

「你在那裡看到什麼？」

「令人驚歎的事物。」

「那為什麼那地方看起來又如此荒蕪？」

「因為那裡所有的東西都可以在一秒鐘之內被奪走。」

「誰有那麼大的本領？」

「清晰的洞察力。」

「那在什麼地方你才能找到安全？」

「在順服中。」

「那要怎樣才到得了那裡呢？」

「在完美中。」

現在讓我復歸於沈默吧。要是我把對談的內容再多說，
我的聽眾將會離他們自己而去。

那裡將沒有門，
也沒有天花板乃至窗戶！

✻鼠與蛙

一隻老鼠和一隻青蛙每朝都會到河邊碰面，
促膝而坐，談談說說。

每天早上，他們碰面的時候，

都會放開心胸，互吐故事、夢想與祕密，
毫無恐懼，毫無疑慮，毫無保留。

觀看他們共處，聆聽他們談話，
我們就明白，為什麼經上會說，
只要有兩個人同心在一起，
基督就會顯現。

老鼠一邊哈哈大笑，一邊講述一個
他已經五年沒講過的故事，
而要講這個故事，可能要足足花上五年呢！

在鼠與蛙之間，
惡毒毫無可乘之隙。

上帝的使者黑德爾觸碰一尾烤魚，
牠立刻活轉過來，從烤肉架上
跳回水裡。

朋友坐在朋友身邊，雋刻著奧祕的石板就會出現。
他們彼此都可以從對方的前額，
讀出奧祕的內容。

但一天，老鼠對青蛙抱怨說：「有好多次，
我想跟你祕談，你卻潛在水裡，
聽不到我的呼喚。

我們在約定的時間碰面，

但經上卻說：**戀人恆常為彼此禱告。**

一週碰面一次，一日碰面一次，

乃至一小時碰面五次，

都是不夠的。魚兒無時無刻不需要大海。」

駝鈴會對駱駝說這樣的話嗎：

「讓我們星期四晚上再來這碰面吧！」

荒謬。駱駝走到那裡，

駝鈴永遠跟到那裡。

你有恆常造訪你自己嗎？

不要用理智來爭辯或回答這問題。

讓我們死吧，

在瀕死中回答。

✲警醒

試著一個晚上不睡，

那麼，你最渴望的東西將會臨降你身上。

用你內裡的太陽警醒自己，你將會看到奇蹟。

今夜，不要躺下。

撐著點，力量就會來到。
那備受禮讚者會在夜間顯現。
睡的人，就會錯過。

有一晚，摩西醒著沒睡，結果
他在一棵樹上看到了光；
之後，他在夜間步行了十年，
終於給他看著了整株光明之樹。
穆罕默德騎馬升天，也是晚上的事。
白天是工作的時間。
晚上是愛的時間。
不要被別人迷惑了你。

有些人會在晚上睡覺，
但鍾情者不會。
他們會坐在黑暗中，對神傾訴。
神曾告訴大衛：
那些每晚都睡一整晚的人，
嘴裡說愛我，但都是在撒謊。

當鍾情者感受到他們的意中人就在四周時，
即難以入睡。
口渴的人，有可能能睡著一陣子，
但他一定會夢見水。
整個晚上，聆聽對談。醒著。

這個時刻就是全部。

我說完了。用今晚的其餘時間，
在黑暗中讀這首詩吧。

我有頭嗎？我有腳嗎？

夏姆斯，我閉起了雙唇，
等待你來開啟。

✲熱愛禱告的僕人

破曉時分
某富人想去洗個蒸汽浴，
便喚醒僕人辛古，吩咐他：
「嗳，走吧。把浴盤、毛巾和黏土①帶齊，
我們到澡堂去洗個澡。」

辛古馬上備齊所需的一切，
和主人並肩上路。

經過清真寺的時候，剛好呼喚人們禱告的鐘聲響起。
辛古熱愛一天五次的禱告，便對主人說：
「主人，請你坐在長凳上稍候，
我唸完《可蘭經》的第九十八章，便馬上出來。
那一章的開頭是：

『用慈愛之心對待你的奴僕。』」

辛古在清真寺內禱告的當兒，
他主人則在外頭的長凳上坐著等。
禱告結束後，教士和信徒一一離開，
惟獨辛古一人還留著。
主人等了又等。最後，他往清真寺門內喊道：
「辛古，你幹嘛還不出來？」
「我出不來，這裡面的一個智者不讓我出來。
請再等一等。」
之後，主人又先後喊了七次，
而辛古的回答一律是：
「還不行，他還不讓我出來。」
「可是裡面除了你以外，並沒有其他的人啊！
所有人都走光了。
把你留在裡面這麼久的又是誰呢？」

「那把我留在裡面和把你留在外面的
是同一個人。
不讓你進來的和不讓我出去的
是同一個人。」

大海不會讓魚兒離開，
正如它不會讓走獸進入。

走獸該活動的領域是陸地。

再大的聰明才智都改變不了這一點。
只有一個開鎖人，可以打開這個鎖。

停止你的算計。忘卻你的自我。
聆聽你「朋友」的話音。
當你完完全全順服於他，你將會
獲得自由。

✲烏姆魯勒・蓋斯

烏姆魯勒・蓋斯是阿拉伯人之王，
既英俊，又是個詩人，
寫過很多愛情的詩篇。

女人都愛死他了。
人人都愛他。但一天晚上，
一個神奇的遭遇徹底改變了他。
他拋棄王國與家庭，
穿上一件托缽僧袍，
雲遊四海，
從一種氣候跋涉到另一種氣候；
從一種地形跋涉到另一種地形。

愛消解了他那個國王的自我

把他帶到了泰布克。在那裡，他當了一陣子的
製磚工人。有人把這件事情告訴了泰布克王。
泰布克王夜訪烏姆魯勒・蓋斯。
「阿拉伯人的王，這個時代的英俊約瑟啊，
你是兩個王國的統治者，一個由土地組成，
一個由美女組成。
如果你願意留在我的身邊，
那將是我莫大的榮幸。
我知道，你甘願拋棄王位，
是因為你嚮往著比王位還要有價值得多的東西。」

泰布克王不斷對烏姆魯勒・蓋斯說著讚美的話，
又跟他談論種種神學和哲學的話題。
但烏姆魯勒・蓋斯卻一語不發。
突然間，他傾身到泰布克王耳邊
輕聲說了些什麼。
自此，泰布克王成了另一名流浪者。

他們手牽著手，走出城外。
身上沒穿華服，頭上也沒戴冠冕。

這就是愛所成就、也將繼續成就的事。

對大人來說，愛的滋味如蜜，
對小孩來說，愛的滋味如奶。
愛是那三十包多出來的貨物，

當你把它們扛到船上，船就會翻轉過來。

如此，兩個王在中國境內四處雲遊，
像鳥一樣，撿拾遺落在地上的稻穗為食。
他們很少講話，
因為他們深知，他們所握有的奧祕的
嚴重性與危險性。

這個愛的奧祕，不管是在歡樂中或在盛怒中說出，
都會在瞬間讓千萬人頭落地。
一頭愛的獅子在靈魂的青草地上覓食，
一柄奧祕的彎刀向牠慢慢接近。
那是殺戮而非保存。

所有世間的權力，渴望的
正是這種軟弱。

職是之故，兩個王說起話來輕聲細語，
小心翼翼。只有上主知道他們在說的是什麼。

他們用的是非言說的語言。鳥的語言。
可是有些人模仿他們，學會
一二鳥語，並因此暴得大名。

✲萬川共流

不要鬆開弓弦。
我是你迄今沒有用過的
四羽箭。

我說的話，像刀刃一樣硬朗，
絕不會像「也許」或「如果」一類的字眼，
一觸空氣，旋即解體。

我是刺入黑暗中的陽光。
是誰創造這個夜的？
一個深藏泥洞底下的熔爐。

什麼是身體？
是忍耐力。

什麼是愛？
是感恩心。

你胸中隱藏著什麼？
是笑意。

還有什麼沒有？
是憐憫之心。

讓我的意中人像帽子一樣緊扣在我頭上，

或像拉繩那樣緊綁在我胸前。

有人問，愛怎麼會有手有腳？
愛是孕育手和腳的溫床。

要不是你父母親有愛，
又怎麼會有你的存在？

不要問愛能成就些什麼！
色彩繽紛的世界就是答案。

河水同時在千萬條河川裡流動。
真理活躍在夏姆斯的臉上。

✲有阻礙的路

我希望知道你想要的是什麼。
你擋在路上，不讓我歇息。
你時而把我的馬韁扯向一邊，時而又扯向另一邊。
你怎麼這麼粗魯，親愛的！
你聽到我說的話嗎？

這個促膝而談的長夜會有盡頭嗎？
為何面對你時，我會如此羞澀侷促？
你是萬千。你是一。

靜默，但卻傳達出最多。

你的名字是春天。
你的名字是酒。
你的名字是嘔吐，
因酒醉而來的嘔吐！

你是我眼神中的疑惑，
也是我眼神中的靈光。

你是萬事萬物，
但我卻像想家一樣想你。

我到得了那裡嗎？
那個鹿隻撲向猛獅的地方。
我到得了那裡嗎？
那個我所追尋者在追尋我的地方。

讓我的話像鼓聲一樣急擂！
讓它擂破鼓皮
沈入寂靜。

*胡言亂語的小孩

如果我沒說出你想說的話，
請給我一巴掌。像一個慈母

糾正一個胡言亂語的小孩那樣
糾正我。

一個極度口渴的人奔向海邊，
但大海卻用劍抵住他的喉嚨。

一朵百合望著一叢玫瑰，
逐漸凋謝，不發一語。

我是一面小手鼓。
激烈的舞蹈開始後，不要把我冷落一旁。
一面舞蹈一面敲打我。
用這些小小的樂聲救助我。

約瑟最美莫過於全裸的時候，
但即使他穿著衣服，
衣服仍可讓我們對他體態的美有所領悟，一如
身體之粼粼波光，
可以讓我們領悟靈魂之河的美。

即使屍首清洗人把我的雙顎闔上，
你仍然可以聽到我的歌聲，
它就發自
我死亡的沈默中。

✲誰從外望向內？
誰能在心靈狂亂的地方看出
數百個奧祕？

透過他的雙眼看他之所見。
但透過他雙眼張看的人又是誰呢？

✲永恆的對談

管絃樂團裡誰最幸運？蘆笛。
它有幸親吻你的雙唇，學得妙韻。
這是所有蘆笛的唯一想望。
它們搖擺在竹叢中，
在它們的載歌載舞中享受自由。

沒有你，樂器就會死亡。
小手鼓哀求道：觸摸我的肌膚吧，
好讓我，可以成為我自己。
讓我感受你進入我全身的每一根筋骨，
讓昨晚已死的我，今天變得整全。

為什麼要我清醒地感受你的退去呢？
我才不要。
要嘛給我足夠的酒，要嘛乾脆不要來找我。
現在，我明白了
和你永恆地對談是怎樣一種感受。

✲故事之間

現在，從大海
回返至乾旱的陸地上來吧。

如果你是跟小孩在一起的話，
跟他們談有關玩具的話題。
從玩具開始，一點一滴，
灌輸他們更深刻的智慧與仁慈。
這樣，他們就會慢慢對玩具失去興趣。

他們的萬物一體感固已有之。
如果他們完全瘋狂的話，
就不會再沈迷於遊戲。
　　　　　　　　　　你有聽過嗎？
那個找尋寶藏的人的故事。
他希望我能把這個故事講完。
　　　　　　　　　　你沒聽說過他嗎？
他在我內裡喊道：「過來這裡！
過來這裡？」
然而，不要把他看成一個追尋者。
因為要是他有所追尋，
他追尋的也只不過是他自己。
一個愛者除了是被愛者以外，又能是誰呢？

每一秒鐘，他都會對鏡子鞠躬。
如果有一秒鐘，他能從鏡子中看出
裡面有什麼，
那他將會爆炸。
　　　　　　他的想像，他的所有知識，乃至他自己，
都將消失。他將會新生，眼睛將變得無比明亮，
將聽到一個聲音對他說：我即真主。

同一個聲音指示眾天使向亞當鞠躬，
因為他們跟亞當原是一體。

正是同一聲音在一開始的時候說：
萬物非主，唯有真主。

這時胡珊趨近我的耳朵說道：
「洗洗你的嘴巴吧！
當你試著把這些道理說出來的同時，
你等於掩蓋了它們。不要再把你這個
托缽僧尋寶的故事說下去了。

你的聽眾只愛聽困難，不愛聽合一！
跟他們講講世間的痲煩事吧。
不要從山泉中取水給他們，
那不是他們想要之物。
事實上，他們正揹著一桶桶的髒泥巴，
打算把山泉給堵死呢。」

我和胡珊，既是奧祕的言說者，
也是奧祕的聆聽者，
但有沒有第三者，願意加入
這奇怪的配對關係呢？

這正是胡珊想知道的事情！

✲帳篷

外面，是沙漠酷寒的夜。
但這裡面的夜，卻暖烘烘的。
一任大地被荊棘所覆蓋吧，
我們這裡有柔軟的花園。
所有大陸都在燃燒，
大城小鎮，一切一切，
都變成了一個燒焦了的大黑球。

關於未來，我們聽到的，
莫不是充滿哀傷的消息；
但在這裡面，我們得到的真正消息卻是：
根本沒有任何消息。②

✲**朋友，我們的親密有如如此：**

每當你踏出一步，都可以感受得到，

那位於你腳底下的我的堅實。

這愛是怎麼回事呢：

我看到的是你的世界，而非你？

✲**聆聽詩歌中的呈現，**

一任它們領你到

它們想要你到之處。

追隨那些私密的暗示，

永不要離開它。

註釋：

①魯米時代的人以黏土當肥皂。（中譯者註）

②此處之「消息」是指關於未來的消息；按魯米的思想強調人的救贖就在當下，不在未來，故云真正的消息就是沒有所謂的消息。讀者不妨把此詩與第十八章中之「綠穗」一詩相對照（特別是烏薩耳與兒子對話一節）。（中譯者註）

8

日出的紅寶石：當個情人

Being a Lover

關於當個情人

當情人和當工人很類似：都是件需要賣力苦幹的差事。一顆紅寶石想要與日出合而為一，它就必須每日從事修煉，讓自己保持晶瑩。據說，有一個蘇菲曾撕開自己的袍子，露出下體，並為之取名「法拉吉」(faraji)。「法拉吉」意謂「扯開」、「愉悅」或「疲勞打開之愉悅者」。這個字衍生自「法拉伊」(faraj)一詞，後者意指男性或女性的生殖器。蘇菲派的導師總能從一般人視為齷齪的東西上面看出它聖潔的一面。當覆蓋物被挪開，祥和與愛心這些美麗的素質就會從情人——工人的身上源源流出。在另一首詩裡，魯米指出，人生在世應該像個客棧主人，把照顧好每個投宿的客人視為己任。

✲紅寶石

清晨時分，
就在黎明前，一對愛侶醒來
喝了一口水。

她問：「你愛我甚於愛你自己嗎？
老實告訴我。」

他回道：「我毫無保留，
就像那舉向朝陽的紅寶石。
你說，這塊紅寶石
仍舊是塊石頭呢，還是
已經變成了由紅色所構成的世界？
它毫無保留，
一任陽光完全穿透。」

這就是哈拉智①說「我就是真主」的原因。

紅寶石和朝陽是一體的。
提起勇氣，鍛鍊你自己。

繼續掘你的井，
別放棄，
泉水就在地層的某處。

不要鬆懈每日的修持。
你的堅持，是門上的環。

繼續不斷地叩門。裡面的歡愉
終會前來開門
看看
來的是那位貴客。

✲泉水

燭光裡到底是什麼
瞬間，照亮我又吞噬我？

回來，我的朋友！我們的愛情
並非被創造出來的形相。

沒人能幫助我，除了那美。
我還記得，有一個黎明
我的靈魂聽到
來自你靈魂的聲響。

我喝了從你泉中流出的水，
頓覺那水流淹沒了我。

美神進入靈魂，

彷彿一個人在春天

走進果園。

進來吧

再以那種方式！

點亮一盞燈

在約瑟眼前。治療雅各的

憂傷。雖然你不曾遠行，

來吧，坐下來問：

「為何你如此困惑？」

像藝術家胸中的意念，

你在事物成形以前就已塑出它們的形貌。

你掃著地板，像一位

清掃門廊的清潔工。

當你掃淨了

一方台階，它立刻現出

它的原貌。

你完美無缺地看守住沈默，

像把滴水不漏的水壺。

你住在夏姆斯的國度，

因為你的心騾強壯得很

可以載你到那裡去。

✲音符

忠告對情人是無效的！
他們並非山澗小溪
可以用沙壩攔堵。

理智的人無法了解
醉鬼的感覺！

別試著揣摩
在愛情裡迷失的人
下一步會做什麼！

掌權的人也許會放棄江山，
如果他嗅到任何風吹草動
在某個房間，情人們
正在做天知道的事！

有人妄想鑿穿一座山。
有人從學院的榮耀奔逃。
有人嘲笑著名的鬍髭！

生命會凍結，如果它沒機會一嚐
這個鮮美的杏仁蛋糕。
繁星每晚一一旋轉著
出場，在愛情裡迷惑。

它們會逐漸厭倦這

不停的旋轉，如果它們尚未疑惑

它們會說：

「我們要轉到什麼時候！」

真主拾起蘆笛，吹了起來。

每個音符皆是我們的想望

一陣熱情、一陣憧憬的痛苦。

記牢那片唇、

那風的氣息的源頭，

並且讓你的音符清亮。

別急著結束，

繼續吹你的調。

我將告訴你，如何才算足夠。

在夜晚爬上屋頂，

在靈魂的城市裡，

叫**每個人**爬上他們的屋頂，

唱他們的調，

大聲點！

✲花崗岩和酒杯

你是花崗岩，
我是空空的酒杯。

你知道我倆相撞的下場！
你像太陽般竊笑著，笑那些
被你的強光吞沒的星子。

愛情揭開了我的胸口，
思想重新被禁錮起來。

耐心和理性的思惟都已遠離，
只有熱情留下，低咽又狂熱。

有男人在路邊伏倒，如被棄置的酒渣。
第二天一早，全然地無所謂，
他帶著新的目標，又活蹦起來。

愛情是真實，詩句是急鼓，
呼喚我們。

別喋喋抱怨寂寞！
讓那可怕的語彙隨風而逝。
讓那教士自塔上下來，別再上去！

✲浮力

愛情攪亂我的修持
將我裝滿以詩句。

我試著反覆不斷輕聲唸誦：
除你以外，我別無力量。
但我無法專心致志。

我必須擊掌歌唱。
我曾經受人尊敬、貞潔且堅定，
但誰能頂著強風
同時管得了這些？

山脈在底部保存了一陣回聲，
這也是我留住你聲音的方法。

我是被丟入你火堆的木屑，
迅速地蜷縮成輕煙。

我見到你而變得虛無。
這虛無，比存在還美麗。
它是存在對立面，然而，當它來時，
存在蓬勃起來，製造了更多的存在！

天空是幽藍的。世界是個

蹲坐在馬路上的盲瞽。

凡看到你的虛無的人
看到越過幽藍和盲瞽。

一個偉大的靈魂躲藏著，像穆罕默德像耶穌
在城市擁擠的人群中穿梭，
沒有人認得他。

讚頌就是讚頌一個人
如何順服於虛空。

讚頌太陽就是讚頌你的雙眼
讚頌，海洋。我們的話語，是一葉小舟

海上的航行繼續著，誰知身在何方！
單單能被海洋托持著，就是我們所能擁有的大幸。這是
全然的清醒！

我們為什麼要因長久的沈睡哀傷？
我們失去知覺多久，實在無關緊要。

我們載浮載沈的，讓罪惡感見鬼去吧。
好好感受你周圍的
溫柔，那浮力。

✲樂師

你，愛者，
這是你的家。歡迎光臨！

在製造形式的迷霧裡，愛情
製造了這融化形式的形式，
以愛為門，
以靈魂為前廊。

注意看那些
在窗戶光線裡移動的塵屑。

它們的舞蹈就是我們的舞蹈。

我們鮮少用心傾聽我們內在的音樂，
但我們莫不隨著它起舞。

接受施教者的指導，
陽光純粹的喜樂，
我們的樂師。

✲當你在我身邊，我們徹夜不睡；

當你不在身側，我無法成眠。

為這兩種失眠

以及它們之間的差別
讚美真主！

✲乍聽到我的初戀故事，
我就開始找尋你，完全
沒意識到自己的盲目。

情人不會在最終相遇，
因為他們本來就一直生活在一起。

✲我們是鏡子，同時也是鏡中的臉。
我們此刻正品嚐著永恆的滋味。
我們是痛苦，也同時是
止痛藥。
我們是甘甜的涼水，也是
倒水的罈。

✲我渴望將你如琵琶般緊抱，
如此，我們就可以高聲唱出愛情的歌。

你想向鏡子扔石頭嗎？
我是你的鏡子，這裡有些石頭。

✲掘洞

眼睛為觀看而生，
靈魂為自己的快樂而生。
頭腦有個功用：愛一個真愛。
至於腳：為了追求。

愛情是為了在九霄中隱沒。心智
為了學習必須做和試著去做的事。
神祕不是為了解謎。眼睛是瞎了的，
如果它一心只想知道為什麼。

情人總是被人以這理由那理由責難。
然而，當他終於找到他的所愛，
他失去的一切，
就會以全新的面貌，一一重現。
即使前往麥加的路途危機四伏，
每位朝聖者仍莫不深切渴望
親吻那裡的黑石，
感受雙唇的滋味。

這席話就像壓印新錢幣。
錢幣愈堆愈高，
但實際的挖掘工作，

卻是在外頭進行。

✲客棧

人就像一所客棧，
每個早晨都有新的客旅光臨。

「歡愉」、「沮喪」、「卑鄙」
這些不速之客，
隨時都有可能會登門。

歡迎並且禮遇他們！
即使他們是一群惹人厭的傢伙，
即使他們
橫掃過你的客棧，
搬光你的家具，
仍然，仍然要善待他們。
因為他們每一個
都有可能為你除舊布新，
帶進新的歡樂。

不管來者是「惡毒」、「羞慚」還是「怨懟」，
你都當站在門口，笑臉相迎，
邀他們入內。

對任何來客都要心存感念，
因為他們每一個，
都是另一世界
派來指引你的嚮導。

註釋：

①哈拉智（Hallaj, 858-922），蘇菲派的早期代表人物，他從人與真主能融合為一的前提導出「我即真主」的結論。回教最高當局認為這種說法是對安拉的褻瀆，下令把他處死。（中譯者註）

9

鶴嘴鋤：探入地下的寶藏

The Pickaxe

關於鶴嘴鋤

一般人把自我看得比什麼都重要，但魯米卻鼓勵我們把我們那個打滿補綻的自我，連同它一切飲食上的生理需要，一起搗碎。魯米勸誡我們，不要太容易被自己內在貪求安逸的那一面所蠱惑，相反的，當親近的是一位嚴峻的導師。只有徹底與我們已擁有和所欲望的東西決裂，我們才有可能發掘出潛藏在我們存有深處的真正寶藏。魯米用鶴嘴鋤這個意象來指涉任何可以達成改造工程的工具：明晰的辨別能力、嚴峻的導師、來自簡樸的力量和對自己忠實。鶴嘴鋤可助我們拆掉虛幻的自我，挖掘出被污泥所隱埋著的兩點閃光。

✲倒錯

是誰造成了這些倒錯？
我將箭瞄向右，它卻射向左。
我追逐一頭鹿，卻發現自己
被一頭山豬追逐。
我殫思竭慮謀這謀那，
卻落得在牢獄裡終其餘生。
我挖了個陷阱，
卻自己掉了進去。

我當初實該質疑
自己的種種想望。

✲審判日

在審判日，你的身體會作不利於你的證詞。
你的手會說：「我偷竊過錢財。」
你的唇會說：「我口出過惡言。」
你的雙腳會說：「我到過不該到的地方。」
你的生殖器會說：「我也是。」

它們會使你過去那些虛假的禱告一一現形。
你且噤聲，讓你的身體手足一吐為快，

像個跟在老師身後的學生那樣說：
「他比我更懂得路。」

✲解夢

此地是一個夢。
只有沈睡的人以為是實境。

隨後，**死亡如黎明降臨**，
你醒來不禁嘲笑
你曾經以為的哀傷。

但**這個夢**畢竟有異。
所有在虛幻的現世的作為
殘忍的、無心的，
並不會隨死亡時的清醒消散。

它徘徊著
必須被**解讀**。

所有惡意的訕笑，
一時的、感官的欲望，
那些從約瑟夫身上扯下的華衣，
全變成你必須面對的
凶猛的野狼。

不期而來的復仇，
敏捷、報復的一擊，
不過是孩童對另一個
孩童的遊戲。

你知悉此地的割禮。
在彼處完全是閹割。

在我們身處的不穩定的年代
這是它的樣貌：
一個人在他生活的城市裡
酣然睡去，夢見住在
另一個城市。
夢裡，他並不記得
他衿裘所在的這座城市。他堅信
夢中之城的真實。

世界就是這樣一場夢。

許多傾城的煙塵
籠罩上空如一個遺忘的假寐，
但我們比這些城市還老。
我們的初始
是礦物。後來進化為植物狀態
然後是動物階段，之後成為人類，
我們總是遺忘先前的狀態，

除了早春時分，我們偶然憶起
再次的葱綠。
這是一位青年尋求
導師的路徑。這是為什麼嬰孩傾臥
胸脯，渾然不覺它欲望中的
祕密，只是本能的這麼做。

人類在一道進化的跑道上被領著走，
經歷重重智性的遷移，
雖然我們看似沈睡，
內在卻是清醒的，
導引夢的方向，

並且最終將把我們驚嚇一跳
跳回到我們的真吾。

✲鶴嘴鋤

我是一塊未出土的寶藏，我渴望被人發現。
我要對這兩句經文作些註解。

推倒這幢房子吧，成百上千的新屋
將可從此地立起，
因為這地底埋藏著

晶瑩的黃寶石。

找到它的唯一方法，就是拆掉房子，
深深地挖入地基。有了黃寶石，
新的房屋就可以不費吹灰之力地建成。

再說，你拆不拆，這棟房子
遲早都會傾圮。到時，
黃寶石將不屬於你。

埋藏的財富是你拆房子和挖地的報酬。
如果你乾等，到別人發現寶藏的時候，
你只有咬自己手臂的份。到時候你準會自怨自艾：
「我未做我該做的事。」

你住的只是間租來的房子，你並沒有地契。
你在此開了一爿小店，
以縫縫補補破衣服討生活。
但僅僅就在你腳下幾呎之遙
就藏著兩條寶石礦脈。

快！拿起鶴嘴鋤，撬開地基。
你得放掉手上裁縫的工作。

何謂縫縫補補？你問。
就是吃吃喝喝。
你的身體像件沈重的斗篷一樣不斷磨損，

你以食物和其他無止境的自我滿足來縫補它。

快掀開裁縫店的一角地板，看看地底。
你將發現泥土中的兩點閃光。

✲齊克爾

當太陽出來，沒人會費力找星子。
和神融合的人不會消失，他或她，
只是完全被吸納到了神的特質中。
你需要我引用《可蘭經》的話為證嗎？
萬物都會被帶入我們的顯現中。

加入那些旅人。我們點的燈總有熄滅的時候，
有些滅得快些，有些滅得慢些，
有些暗些，有些亮些。

一屋的燈滅了，並不會影響別屋。
但這只是動物靈魂的情況，
不是神聖靈魂的情況。
太陽普照萬屋，當它落下
所有屋宇皆由明轉暗。

燈火是你的導師的形象。你的敵人
偏愛黑暗。蜘蛛在燈火上方結網，

從他或她的體內，吐出一層網。

要駕馭一匹野馬，別抓馬腿，
制牠的脖子，用馬勒。理智點。
騎上去！克己是必要的。

別蔑視老規則，它們幫得上忙。

✲男子氣概的精髓

男子氣概的精髓並非源自男性，
也非源於友善的慰藉。

你的老祖母說：「你的臉色蒼白，
也許不該上學去。」

當你聽到這種話，趕緊跑。
父親嚴厲的巴掌比這好。

你的身體渴望安逸，
而嚴父期盼於你的
是精神的淨潔。

他指責你，但最終
引你向開闊天地。

禱求上天賜你一位嚴峻的導師吧，
聽他，學他，並讓他長駐心田。

鎮日忙於累積安逸，
我們真該惶恐。

✻托缽僧

一位托缽僧叩門乞討麵包
乾麵包或溼麵包都無所謂。

「這裡不是麵包店。」屋主說。

「那麼，可否給我一丁點軟骨頭？」

「這裡看起來像肉鋪嗎？」

「一點麵粉呢？」

「你聽到磨石運轉聲嗎？」

「一點水？」

「這兒可不是口井。」

不論托缽僧問什麼，
屋主總刻薄嘲諷，
拒絕施予任何東西。

最後，托缽僧跑進屋，
撩起袍子，蹲下身，
一副要拉屎的樣子。

「嘿，嘿！」

「安靜點，你這可憐人。一處荒涼地
是方便的好地方。
既然這裡沒有生物，
又無生之所資，它需要人來給它施些肥。」

托缽僧開始自問自答。

「你是哪一種鳥？
不是被皇族圈養的獵鷹。
不是身上畫著千百雙眼睛的孔雀。
不是為幾塊糖說話的鸚鵡。
不是如戀人般在歌唱的夜鶯。

不是為所羅門王捎信的戴勝鳥，
不是築巢在崖邊的鸛。

你究竟是什麼？
你根本不是有名姓的物種。

你討價還價、揶揄訕笑，
以保有自己的資產。

你忘了有一個唯一者，
他不在意所有權，
也從不汲汲於別人身上
謀取利益。」

註釋：

①齊克爾（Zikr）一詞有記憶、紀念、讚頌之意，故亦被譯為讚念。讚念是蘇非派的重要功課，在進行修持儀式的時候，蘇非派的僧侶會反覆念誦一些讚頌真主的語句，最常唸的一句是「萬物非主，唯有真主。」（中譯者註）。

10

渴望得到新琴絃
：藝術是對順服的挑逗
Wanting New Silk Harp Strings

關於挑逗

我們不可能從布幕上的圖案推知遮蓋在布幕後面的是什麼東西。但藝術家卻鍾情於封閉的形相；整片瀑布飛躍在他們眼前，但他們卻寧可用鍊在瀑布旁邊的杯子，舀水淺嚐一口。形相總會不斷分裂增生，但老琴師卻不知止，在舊的琴弦斷掉以後仍渴望得到新的琴弦。有些蘇菲認為，藝術美是一種會讓靈魂的成長趨緩的素質。藝術讓人淺嚐輒止，無法全幅領受順服①的福樂；美麗的詩歌讓人始終徘徊在與真主合一的無邊忘我境界的邊緣，不得其門而入。魯米建議我們，不要繼續撩著袍子在水面上走了，乾脆點，脫掉全部衣衫，赤身露體潛入水中去吧——潛下去，再潛下去！

✲歐麥爾和老琴師

豎琴家老了。他的聲音瘖啞，
他的幾根琴絃也斷了。

他前往麥地那的墓地哭訴。
「主呀，你總是接受我的贗幣！
請再次接受我的禱告，賜我足夠的錢，
好讓我可以為豎琴換新絃。」

他把豎琴放平為枕，酣然睡去。
他的靈魂之鳥逃逸了！自他的軀體，
自他的悲傷，飛向無垠空靈，
那兒就是自己，牠可以唱真實的歌。

「我喜歡這樣沒有首級，沒有口舌的品嘗，
沒有悔恨的回憶，沒有雙手卻摘了
玫瑰和紫蘇，在一片綿延無盡的平原
是我的快樂。」
就這樣，這隻水鳥
一頭栽進了牠的海洋裡去。

即使我的詩句有如天空一樣廣大，
也無法抓住這老琴師夢中奇幻
的一半。若真有一條明顯的路

通往那裡，沒人願意留在這兒。

老人哀哭的同時，歐麥爾②剛好在附近小憩。
一個聲音臨在了他：「拿出七百金幣
贈予睡在墓地裡的人。」

當這樣的聲音出現，
每個人都會知道它是由誰所發出。
這個聲音對無論是土耳其人、庫德人、
波斯人、阿拉伯人還是衣索匹亞人，
都是同一種聲音，
同樣有威嚴！

歐麥爾到了墓地，坐在睡者身旁。
他打了個噴嚏，老琴師跳起來，以為
這位偉人來此控告他。

「不是的。坐在我身旁。我有祕密告訴你。
這袋金幣足夠你購買新琴弦。拿去，
買好了以後再回來。」

老琴師領悟到，他交了突如其來
的好運道。但他卻把豎琴扔在地上，
把它摔破。

「我一直為詩歌的每個音律、每個節奏煩心，
渾忘了一隊又一隊的商旅

已離我而去！
我的詩把我困在自己裡面，
過去，我以為那是上天所賜最大的贈禮，
現在，我要回歸於順服。」

當某人贈你黃金，
不要看著自己的手，也不要看著黃金。
看著施贈者。

「即使嚎啕的反控，」歐麥爾說，
「只是另一形式的封閉，有如
蘆葦的一個莖節。
刺穿竹節，讓它中空，
蘆笛才能奏出妙音。
別像追尋者那樣被他的追尋所蒙蔽，
為你的悔恨而悔恨吧！」

老人的心清醒了，他不再
沈醉於高音部或低音部，
也不再有淚或有笑。
在靈魂的真正暈眩中，
他坦然超出了尋覓之外，
超出了言語與訴說之外，
不再溺在美裡面，
溺在救贖之外。

波浪蓋過了老人。

對他已無話可說。

他抖落了袍子，
裡面空無一物。

有一隻獵鷹，
振翅入林追逐獵物
卻不再返回。
每一秒鐘，陽光
都是全然的虛空，
與全然的飽滿。

✲一個不存在的埃及

我想說一些
一出口就會變成烈焰的話，
但我保持緘默，不嘗試
使兩界在同一張嘴裡相容。

我在心裡祕密保留了一個埃及，
一個不存在的埃及。
這是好事壞事？我也不知。

幾年來，我的目光洩露了
感官的愛欲。現在，我不這樣了。
我不固定在某處。那些洩露出去的
沒有名字。凡夏姆斯
給予的，你也可以從我這兒獲得。

✲中國藝術與希臘藝術

先知說：「有些人以
我看他們的方式看我。
我們的本質是同一的。
不分血統、典籍或傳統，
我們同暢飲著生命之水。」

有個故事，可以說明
隱藏在先知話中的奧祕：

中國人和希臘人
曾經爭論誰是較高明的藝術家。
國王說：
「我們用辯論來消弭這個難題。」
中國人開始侃侃而談，
希臘人不願多說，
逕自離開。

後來，中國人建議國王
何不給雙方各一個工作室，
一展所長？
於是，國王給了中國人和希臘人
兩個相對而中隔一簾的房間。

中國人向國王要求
上百種顏料，從最淡到最深。
他們每天大清早就來到工作室
從早到夜，絞盡腦汁。
希臘人不拿半點顏料。
「那不是我們工作所需之物。」
他們在工作室裡唯一做的事情
是清洗擦拭牆壁。日復一日
他們讓牆壁光潔如新。

有一種方法引導所有的色澤
到無色。須知雲氣斑斕壯闊的變化
來自太陽和月亮的無華。

中國人大功告成，滿心歡喜。
鑼鼓喧天，慶賀完工。
國王走進他們的工作室，
被氣派的色澤和精雕細琢深深懾服。

希臘人也拉開了隔開兩間的簾子。

中國畫影的金碧輝煌反射在
無瑕的牆壁上。它們停留在那兒，
更加的華美，而且隨著
光線的推移轉動。

希臘藝術是蘇菲式的藝術。
他們不強記繁複理論。

他們讓他們的愛念清明更清明。
沒有貪求，沒有忿恨。在純淨中
他們吸納並且反照每一刻鐘的形象，
從此地，從星空，從虛無。

他們照單全收，
彷彿他們的目光
來自觀看他們那
輕盈的清明。

✻在你的光輝中，我學會如何愛。
在你的美中，我學會寫詩。

你在我的胸臆中起舞，
別人看不見你，

但有時，我看得見，
那一瞥成就了這件藝術。

✻鼓聲震天，

它的震顫，我的心跳。

鼓點中有個聲音說：

「我知道你累了，

但請過來。這裡有一條路。」

✻你欽羨大海的遼闊嗎？

你為何拒絕將

這愉悅分享給每個人？

魚兒不將這聖水留在杯裡！

牠們悠遊於廣大無邊的自由。

註釋：

①順服指的應該是一種泯滅自我、歸向真主的態度和境界。（中譯者註）

②歐麥爾（Omar），回教的第二任哈里發；第一任哈里發是阿布・伯克爾（Abu Bakr）。（中譯者註）

11

風中之蚊：合一

Gnats Inside the Wind

關於合一

魯米的詩歌充滿著女性主義的智慧。他偏好使用陰柔而非陽剛的意象來描畫人神合一的狀態：吃著母奶的小嬰兒；被河水帶到大海的小魚；在風中失蹤的蚊子；能把箭迴射到自己腳下的神射手。這些都不屬於男性化的英雄意象。

在一個狂風怒號、雷電大作的晚上，我在南喬治亞州一個朋友的家中作客。他憂心忡忡地喃喃自語：「這樣的天氣要叫那些蜂鳥怎麼辦呢？」但第二天風雨過後，同一批蜂鳥又再次嗡嗡地遊翔於他的花園之內。顯然，蜂鳥懂得跟風雨玩蚊子所不懂的躲迷藏遊戲。我有時會覺得，詩其實也是一個可供隱藏的空間：它們就像阿雅沙那間用來收藏舊衣服的密室一樣，可以激起人們對它們所謳歌的玄奧經驗無限幽思①。

✲風中之蚊

一些蚊子飛出草叢，
到所羅門王面前告狀。

「所羅門王啊，你是受壓迫者的守護人。
那怕再微不足道的細物，都有你為他們伸張正義。
你能為我們討回公道嗎？」

「誰對不起你們啦？」

「我們要控告的是風。」

「好。」所羅門答道。「我明白了。
但一個法官不能只聽片面之詞，
我必須也聽聽被告的答辯」

所羅門傳令：「傳東風到庭！」
風立刻就到了。

但那些蚊子原告都到哪去啦？牠們被吹得不知所蹤了。

這也是發生在
每一個尋道者身上的情形。
當真主抵臨，
那些尋道者都到哪裡去啦？
他們先是瀕死，

然後是與真主合一，
就像風中之蚊。

✻阿雅沙與國王的珍珠①

一天，國王把群臣召到了大殿。
他把一粒珍珠遞到宰相面前，問他：
「你認為這珍珠值多少錢？」
「比一百頭驢所能馱的黃金還要多。」
「把它摔破！」
「王上，我怎能這樣糟蹋你的寶物？」
國王賜宰相袍服一件，以資嘉勉。

然後，他把珍珠放在御前大臣手中，問他：
「你認為它值得以什麼來交換？」
「半個王國。」
「摔破它！」
「我的手做不出這等事來。」
國王賜他袍服，又增加他的俸祿。
國王如是者向五六十個廷臣問了同樣的問題。

他們一一模仿宰相和御前大臣的回答，
也一一獲得了賞賜。

最後，珍珠遞到了阿雅沙的面前。

「你說得出這顆珍珠有多明亮嗎？」
「它比我所能形容的還要明亮。」
「那好，把它摔成碎片，就現在。」

阿雅沙夢見過此情此境，
所以事前就在袖管裡藏了兩塊石頭。
他把石頭拿出來，夾著珍珠，
把它輾碎。

不要在乎形相。
如果有人想要你的馬，
把馬給他。馬兒是為
爭先恐後的人而設的。

眾大臣對阿雅沙的莽撞大驚失色：
「你怎敢這樣斗膽？」

「王命比珍珠還要貴重。
我在乎的是王命，不是什麼珍珠。」

眾大臣紛紛跪倒，
俯首在地。

他們不時用乞求寬恕的眼神抬望國王，
但國王卻向侍衛比了比，彷彿是在說：

「把這些人推出去斬首。」

阿雅沙跳到國王面前說：

「請陛下免他們一死！

請不要斷了他們與你合一的希望。

他們已明白自己的善忘。

他們已明白，

模仿別人會怎樣害自己

陷於昏睡。

不要把他們驅離你。

看看他們俯伏在地那模樣。

把他們的臉抬向你。讓他們在你

冰冷的沖洗間沖洗自己。」

阿雅沙的言詞總是那麼中肯，

以致筆也因為羞愧而自斷為二。

試問，一個小碟子又怎樣盛得下海洋？

醉漢摔破了他們的酒杯，

可你卻還是要給他們倒酒！

阿雅沙說：「你挑選我作摔珍珠的人。

不要因我醉中的順服而懲罰其他人！

等我酒醒以後再懲罰他們，

因為我再也不會酒醒。

任何像他們那樣敬伏在地的人，
站起來之後都會與從前判若兩人。

他們像是叮在奶油上的蚊子，
已與奶油合二為一。

群山在戰慄。它們的地形圖與羅盤，
是你掌上的紋。」

胡珊，我要有一百張嘴，
才能把這道理說明白，
可我只有一張！

來自精神的千百個意象
都想透過我而湧出。

我感覺自己被這豐盛叮咬
粉碎和死亡。

✲請把這圖案繡在你的地毯上

出神的體驗猶如一個保守的女人，
她只會對一個男人投以愛的眼神。

那是一條大河
能供鴨子戲水，卻會讓

烏鴉溺水。

這個可見的形相之碗包含著食物，
它可以提供滋養，卻又是
胃痛的根源。

那是一個我們看不見的顯現者
賜予的禮物。

你是水，我們是石磨。
你是風，我們是被吹成各種形狀的煙塵。
你是精神，我們是雙臂的張合。
你是仁慈，我們是試著述說它的語言。
你是歡愉，我們是不同種類的笑聲。

任何移動與聲音
都是信仰的宣示。就像
石磨的轉動聲，
是它信靠河水的證言！
沒有任何比喻可以曲盡其妙，
但我還是忍不住要述說
這美。

不論任何時地都要說：
「請把這圖案繡在你的地毯上！」

就像《可蘭經》上那個

期望為上主的袍服抓蝨子、
期望為上主補鞋子的牧羊人一樣，
我也期望能用同樣貼心的方式
道出我的讚頌，
期望我的帳棚能抵住穹蒼！

讓意中人前來，
像守護犬一樣
伏在帳棚的入口處。

當大海翻騰，
不要讓我只聽到它的吼嘯。
讓它濺入我的胸膛內！

註釋：

①阿雅沙 (Ayaz) 是馬哈茂德王 (King Mahmud) 的僕人，以對主人的絕對順服著稱。很多神秘主義詩人（如昂薩里、薩納依和阿塔爾）都借阿雅沙和馬哈茂德王的主僕關係來況喻愛者與被愛者的關係。但魯米卻為阿雅沙的故事加入新的成分。據魯米所述，阿雅沙每天都會在一間密室裡流連，這種舉動讓一干王公大臣懷疑他藏了什麼寶貝在裡面，直到後來才發現，密室裡面放著的，不過是一件舊的羊皮袍和一雙快磨破的鞋子。阿雅沙每天去密室察看舊衣物，為的是要讓自己不忘被召到宮廷任職以前的困苦日子。魯米指出，一個人如能惦記著自己蒙受主恩前的狀態，他對主恩的感受會特別深刻。(英譯者註)

12

我何幸有此良老師：謝赫

The Sheikh:I Have Such a Teacher

關於謝赫

魯米說，意中人就像我們自己脖子上的血管：他近在咫尺，但我們卻渾然不覺。想要得見和我們肌膚相接的意中人，需要借助一面鏡子，而謝赫（蘇菲導師）就是這樣一面鏡子。

魯米也把謝赫比喻為廚子，而把稚嫩的蘇菲弟子比喻為鷹嘴豆。鷹嘴豆在花園裡發芽生長，接受雨露（性愛的象徵）的滋潤。在它成熟、變硬以後，廚子會把它摘下來，投到鍋裡耐心地烹煮。慢慢地，鷹嘴豆就會軟化，並因廚子所加入的各種佐料而變得美味。經過這樣一番烹調，一個蘇菲弟子就能脫胎換骨，成為教團裡的中堅。

✲鷹嘴豆與廚子的對話

鷹嘴豆從鍋子裡跳起
幾乎躍出了鍋沿。

它質問廚子：「你為什麼要煮我？」

廚子用勺子把它敲了回去。

「不要試著跳出來。
你以為我是在折磨你，
其實我是要讓你變得美味，
可以和著辣椒與米飯，
能成為替人類帶來精力的食糧。

你在花園裡啜飲雨露，
所為就是這個目的。」

首先是恩賜，然後是性的歡愉，
然後從烹煮中孕育出新生命，
這樣，朋友就有好東西可吃了。

總有一天，鷹嘴豆會主動對廚子說：
「把我煮久一些，
用漏勺打我。
這事情我自己做不來。

我像一頭做著白日夢的大象，
對駕馭人的指揮心不在焉。
你是我的廚子、我的駕馭人，
是你領我進入存有的道路。
我愛你的烹煮。」

廚子說：「**我也曾像你，**
是地裡一顆稚嫩的鷹嘴豆。
之後，我讓自己經歷了兩重猛烈的烹煮：
在時間裡的烹煮，在身體裡的烹煮。

我用修煉來控制
日益膨脹的動物性靈魂；
我把自己煮之又煮，
終於，我超越了它，
而有了當你導師的資格。」

✲我何幸有此良師

昨夜，我的導師教我安於貧困，
一無所有，一無所求。

我是站在紅寶石礦裡的裸漢，
以紅絲為服。

我吸盡了紅光，如今
我看見海洋
在億兆的起伏中移向我。
一圈可愛的、安靜的人群
成為我手指上的指環。

然後，風雷雨電在路上交加。
我何幸有此良師。

✲老鼠與駱駝

一隻老鼠用兩隻前腳
握住駱駝的韁繩，牽著牠走，
想過過當駱駝夫的癮。

駱駝沒有反抗，默默跟著走，
讓老鼠覺得自己很了不起。

「玩開心點兒吧。」駱駝心想。「我馬上
就要給你上一課了。」

牠們來到一處河邊。
老鼠顯得不知所措。

「你在等什麼呢？過河去啊！

你是我的領路人，不要裹足不前。」

「我怕淹死。」

駱駝帶頭步入水中。

「水沒多深，只到膝蓋位置。」

「只到膝蓋位置？你的膝蓋比我的頭要高上一百倍！」

「那你也許就不該當駱駱夫。

跟與你相仿的人為伍，

老鼠跟駱駝搭不在一塊。」

「你可以幫我渡河嗎？」

「行，上我的背來吧。

我就是為帶數以百計像你這樣的人過河而生的。」

你不是先知，但謙卑地走先知走過的道路，

那你終可到達他們已經到達的地方。

不要試著掌舵。不要自己開店。

用心聆聽。保持緘默。

你可不是真主的喉舌。讓自己成為一隻耳朵。

你的自矜與憤怒來自你的慾望，

而你的慾望則根植於你的習慣。

如果你試著叫一個習慣吃陶土的人改變，

他會氣得發瘋。
當領袖也可能會變成一種有毒的習慣。
如果有人質疑你的權威，你會想：
「他想取代我。」
你雖保持禮貌，卻心藏憤怒。

時常檢驗你的內在。
銅不會知道自己是銅，
除非它已變成黃金。

你的愛也不會知道它的莊嚴，
除非它已認識到自己的無助。

✲跛腳羊

有一群往下面河邊走去的羊。
走在最後的是一頭跛腳羊。

人們起初都很為跛腳羊擔心，
如今他們已轉憂為喜。

因為，瞧，羊群正往回走，
而領路的，
正是那頭跛腳羊！

學習跛腳羊的榜樣，
當羊群的領頭人。

13

故事：粗糙的比喻

More Teaching Stories

關於粗糙的比喻

很多有品味的人都覺得魯米的一些比喻粗糙、生澀，不堪入目。當尼科爾森(Reynold Nicholson)在一九二〇年代把《智慧律詩》迻譯為英文時，他把其中一些段落用拉丁文譯出，好讓它們不會顯得太突兀。其實，在魯米看來，任何的人類行為，不管那是多麼的可恥、殘忍、愚蠢，都可以充當觀察靈魂成長狀況用的凸透鏡。魯米曾經用女人和驢子的性交比喻托缽僧的修行。有一個女人，在跟驢子性交以前，會先把一個穿孔的葫蘆瓜套在驢下體的根部，這樣，驢子的生殖器就會長短適中，既能為她帶來快感，又不會弄傷她。魯米指出，一個托缽僧在從事修煉的時候，也應該知道分寸，不要不夠，也不要太過頭。在另一首詩裡，魯米又大膽地把做愛比喻為做麵包。他在詩的結論中說：「謹記：你做愛的方式，就是上主與你相接的方式。」任何人類經驗對魯米來說，都是可以為靈魂提供養分的麵包。

✲粗糙的比喻

某人說：「那裡沒有托缽僧。如果那裡有托缽僧的話，
托缽僧就不在那裡。」

試看著那在午陽中閃爍的燭火。
你把棉花放在燭火旁邊，棉花就會燃燒，
但燃燒時發出的光，會完全融於太陽光中。

那你無處尋之燭光，
就是托缽僧之所在。

如果你把一盎斯的醋灑在
兩百噸的糖上，
沒有人會嚐得出糖裡的醋味。

這是對發生在愛者身上的事情的
粗糙比喻。

沒有比愛者更公然不敬的人。
他，或她，跳上一個一邊放著永恆的天秤，
大言不慚地要讓它左右平衡。

不過也沒有比愛者更心懷敬畏的人。

讓我為各位上一課文法課：「愛者死了。」
文法書上說愛者是主詞，但這是不可能的！

「愛者」已經不在了。

只有根據文法的觀點，愛者才會是個施為者。

但在現實上，他或她，
　具已為愛所銷融，
　　所有的施為，
　　　具已消失無蹤。

✻我會在破曉以前來到

穆罕默德說：
「我會在破曉以前來到，
用鐵鍊把你鍊上，拖走。」
令人驚訝，甚至覺得可笑的是，
他竟是把你從受折磨中拖走，
拖到春天的花園裡去。
這有點不可思議，卻是事實。

幾乎每個來到這裡的人，
都是被鎖鍊鍊著，拖著來的，
只有少數是例外。

就像第一次上學的小孩，
你非得強迫，否則他們不願去。

之後，他們自己就會愛上學校。

他們會在學校裡習得知識，
長大後，得以靠所學賺錢謀生。

想想看你曾因被迫順服而獲得多少好處！

在來此的道路上有兩類人。
一類是身不由己的人，
一類是因愛而順服的人。
前者抱著的是隱密的動機，
他們希望乳娘接近，是因為乳娘會給他們奶吃；
但第二類人卻純粹是愛乳娘的美。

前者以反覆背誦經典為務，
後者則消失於任何
真主用以牽引他們的事物。

但不管是第一類還是第二類人，
都莫不是由源頭所牽引。
任何的移動都來自移動者。
任何的愛都來自被愛者。

✲笨拙的類比

物理世界中無兩物相同，
所以，任何類比都必然笨拙而粗糙。

你可以把一隻獅子擺在一個人的身邊，
但這樣做，難免讓兩者都陷於危險。

就說身體像燈這個比喻好了。
正如燈需要燈蕊與油，身體也需要食物與睡眠。
得不到食物與睡眠的人，就會死亡。

但在這個比喻中，
太陽在哪裡呢？
它升起，燈光就會與日光混而為一。

「一」，唯一的真實，
是無法用燈和太陽的意象來傳達的。
「一」，不是由多攪和而成的。

沒有意象能描繪
我們父母、我們祖父母
所遺留下來的東西。

語言無法道出
那存在於我們每個人之中的「一」。

✲兩種奔跑

某人有一個善妒的太太
和一個十分、十分有吸引力的女僕。

太太小心翼翼，從不讓丈夫與女僕
單獨相處。
超過六年，男主人與女僕
從未獨處一室。

然而，有一天，
太太在公共澡堂洗澡，
發現忘記把家裡的銀澡盆帶來。

她吩咐女僕：「請你去幫我把澡盆拿來。」
女僕飛奔而出，一心抓住這個
與男主人幽會的機會。

她快樂地奔跑，像鳥兒般飛也似地回到了家。
男女雙方都慾火高漲，迫不及待，
連門閂也都沒上。
他們迅速合為一體。

這時女主人正在澡堂裡洗頭，
她忽然想到：「我幹了什麼好事啦！
竟然把乾柴放在烈火上了，

竟然把公羊跟母羊放在了一塊！」

她匆匆把頭上的肥皂洗淨就奪門而出，
邊跑邊整理頭上的髮髻。

女僕為愛而奔跑，女主人則為
恐懼和妒意而奔跑。
箇中差異大得不可以道里計。

神秘主義者一里一里地飛翔，
心存恐懼的苦行者卻一寸一寸地爬行。

對愛者來說的一天，
對後者來說長似五千年！

這是無法用理智理解的事情，
你必須敞開胸膛！

愛者一無所懼。
愛是真主的屬性。恐懼則是那些自稱惦著真主、
實則惦著性器官的人的屬性。

什麼是真主與人共享的屬性？
住在永恆者與住在時間者之間有什麼聯繫？

如果我繼續談論愛，
我可以說出一百種聯繫，
但那仍然不代表我已說出奧祕。

心存恐懼的苦行者用腳奔跑，

愛者卻如風雷電閃般移動。

根本無法相比。

當神學家還在那裡
為自由與必然的問題
苦思冥索，
愛者與被愛者早已
把自己推向彼此。

憂心忡忡的女主人趕回到家，
打開了門。只見
女僕衣衫不整，滿臉通紅，
不發一語。
她丈夫則一副正在禱告的模樣。

從丈夫的下襬縫隙，女主人看得見
他那還是濕漉漉的陽具；
而女僕的大腿上，也沾染著
女陰的分泌物。

太太一巴掌摑在丈夫臉上，怒問道
：「這就是男人禱告的方法嗎？用睪丸？
難道你的陽具，有這麼渴望連結嗎？
這是不是就是，她腿上
濕答答的原因呢？」

真是好問題，
問得她那位「禁慾苦修」的丈夫，
啞口無言。

你會發現，那些自稱棄絕慾望的人，
會在轉身之間就變了個人！

✲做麵包

有一場宴會。
國王暢飲得很開心。

他看見一個飽學的學者向他走來。
「把他帶過來，
給他倒一些美酒。」

僕人迅速將學者帶到國王桌前，
為他倒酒，豈料他竟不領情。
「我寧可喝毒藥！我從沒喝過酒，
也永遠不會想喝！
把它拿走！」

他不斷高聲拒絕，
把宴會的氣氛弄得很糟。

這種事，也常常發生在
神的筵席上。

那些但聽過狂喜之愛
卻未體味過它的人，
難免都會在酒宴中鬧場。

如果他的耳朵和喉嚨之間
存在著祕密通道，那麼
他的態度將會完全改觀。

否則，他只是無光之火，
無豆之莢。

國王下命令說：「侍者，
做你該做的事！」

侍者把學者的頭往下壓，說：
「喝！」
「再喝！」

酒杯空了，
學者開始唱歌，
並說出荒唐的笑話。
當然，沒多久，他就想要尿尿了。

他往外走，在廁所附近，

碰到了一個美麗的婦人；那是國王的姬妾。

他的嘴巴張得大大。他想要她！
他想要她，就在此時此地！
而看來，她也不是不願意。

他們相擁倒在地上。
你一定看過麵包師傅擀麵粉團的樣子。
開始的時候，他會溫柔地擀
慢慢地，他會愈擀愈粗魯。

開始做麵包的時候，
麵包師傅會把麵粉團放在板子上，
輕柔地揉搓；
然後，他會把它攤開，
輾平。

接著，他把麵粉揉成一團，
再攤開，輾平，加入水。

然後加鹽，
再多一點的鹽。

最後，他把麵粉塑成麵包的形狀，
放進爐子裡烘焙。

你還記得做麵包的方法嗎？

那也是你與你所愛者繾綣時的模樣。

這不只是個
適用於做愛的比方。

它也適用於在戰場上作戰的戰士。
在永生者與死者之間，
在本質與偶然間，
經常都有一個緊密的擁抱。

不同的球賽有不同的規則，
不過它們在本質上是一樣的。謹記：
你做愛的方式，
就是上主與你相接的方式。

學者迷醉在狂喜中，
渾忘了酒宴這回事。

國王前去尋他，看到那對男女的模樣
就說道：
「嗯，有言道：『好國王應該
盡其所能款待他的臣民！』」

這是一種酩酊似的自由，
它能瓦解心靈，
振興精神。
也有許多像國王一樣深明事理的人，

可以接納在暈眩中的迷失。

不過，現在且讓我們
回到堅定而清心的冥思，
讓那種暈眩
像翅膀般輕舉
翺翔於神聖的界度裡。

14

所羅門的詩歌：遙遠的清真寺

Solomon Poems

關於所羅門

所羅門王向示巴女王求愛的故事在魯米的詩歌中具有典型意義。所羅門王（象徵神智）派遣使者向示巴女王（象徵凡夫的靈魂）示愛，懇請她離開自己的王國，與他共效于飛。示巴女王被打動了，她先是派人給所羅門送去可笑的禮物，然後隻身前赴他的王廷，委身於他。為了愛情，示巴不惜拋棄一切，但唯獨一樣東西叫她割捨不下：她的王座（象徵凡夫的身體）。魯米其他用來比喻人神結合的意象有；騎著蹇驢的耶穌、匯入大海的小溪、被日出充滿的紅寶石、映入眼中的夜空。大海竟會向一滴小水滴求愛——在魯米的無限驚異中，我們也被帶入了深深的狂喜！

✲示巴的禮物

女王示巴派出四十頭驢
馱著黃金，作為
送給所羅門王的禮物。
當使者到達通向所羅門宮殿的大平原頂端，
回頭一看，才發現原來整個平原都是黃金所造。
他們四十晝夜以來，
原來都是走在黃金之上！

送黃金給所羅門王當禮物，
是件何其愚蠢的事情啊，
在他的國土裡，就連垃圾
也是金的！
不要用你的聰明作為獻祭物，
它不過有如路塵。

尷尬的使者們進退為谷，
彼此爭論要不要回頭，
但因為有女王的命令在身，
所以決定繼續往前走。

當所羅門看見驢子上的金磚，
哈哈大笑起來。
「我什麼時候，問你們要過一滴

我的湯了？我不需要你們送我禮物。
我需要你們為我將要送你們的禮物作好準備。

你們崇拜一個創造黃金的星體，
卻不崇拜創造宇宙萬有的唯一真神。
你們崇拜太陽。但太陽也有消失的時候。
想想看日蝕。你們在午夜
受襲擊的話怎麼辦？誰會幫助你們？」

有一個午夜的太陽。
它不起自東方，它的照耀
也不分晝夜。

在它的巨大光照下，
整個天體都會變得像
微弱的燭火。

水滴下墜為蒸氣，蒸氣爆炸為
銀河。它一半的光芒就驅盡了一切的黑暗。
一個新的太陽出現了。

✲所羅門致示巴

所羅門王對示巴的使者說：
「我也要你替我向她傳話。

告訴她，我不接受她的禮物，
要比接受來得正確。

因為我不接受，
她就會知道我的價值有多高。

她眷戀她的王座，但王座阻礙了她
走上通向真正大莊嚴的道路。

告訴她，一個順服的鞠躬，勝於
一百個帝國。這鞠躬本身就是王國。

學易卜拉辛那樣，毅然拋棄一切，
四處流浪。

身處灰暗的井底，
一切東西看起來會和它真正的樣子不同，
即使石頭或破銅爛鐵也會宛如奇珍異寶。

告訴她，約瑟曾經被這樣一口井困住過，
但後來他抓住繩索，攀爬而出，
遂有了完全不同的見識。
生活的轉變是一種煉金術。」

✻示巴之王座

示巴女王來到所羅門跟前，
把她的王國與財富拋諸腦後，
就像每個戀愛中人所做的那樣。

現在，婢僕對她已毫無意義
不比一棵爛洋蔥強；
宮殿與果園，
也無異於糞土。

她明白了「拉」這個字的真義①。
她以一無所有之身來到所羅門面前，唯獨
帶著她的王座。

這王座之於她，猶如
一支用熟了的筆之於作家，
一件用順了手的工具之於工匠。
這是示巴和她的王座難捨難分的原因。

那是一張很大的王座，由於無法拆解
而難於搬運。這王座造工巧妙，
肖似人形。

所羅門知道，示巴的心已經對他敞開，
不久即會對王座生厭，故對臣下說：

「讓她把王座帶來，
不久她就會從中獲得教益。
看著王座，她就會意識到
自己走了多遠才抵達此間。」

抱著相同的想法，真主恆常讓
繁衍的過程展示在我們眼前：

細嫩的皮膚、精液、不斷增大的胚胎。

看到海底有一顆珍珠，
你會不畏海浪與浮游物，
從海面潛向海底。
當太陽出來，你不會再有興趣
去仰觀天蠍星座。

見識過合一的光彩之後，
你對二元的興趣就會減低。

✲所羅門之冠

所羅門王善於仲裁別人，
但卻讓自己的私欲，
鬧得整個國家沸沸揚揚。

有一天，所羅門頭上的王冠向前斜了下來。
每扶正它一次，它就又斜下來一次。
如是者一共八次。
最後，所羅門忍不住問王冠：
「你為什麼老是要斜下來遮住我的眼睛呢？」

「我不得不爾。當你被權力蒙蔽了慈心，
我就得向你顯示你像什麼樣子。」

所羅門意識到王冠說的是事實。
他立刻下跪，懇求饒恕。
王冠於是又恢復了端正。

當錯誤發生，當先追究自己的責任。
即使睿智如柏拉圖或所羅門
都有昏瞶盲目的時候。

聆聽王冠對你的提醒，
當你對別人冷酷時，
當你縱容內心的貪欲時。

✲遙遠的清真寺

所羅門建來崇拜上主之殿，
名為遙遠的清真寺，它不是

由土由水由石所建，而是由決心、
由智慧、由祕談、由有同情心的行為所構成。

它的每個部分，都懂得思想，
懂得彼此應答。地毯會向掃帚鞠躬為禮，
門環會跟門
像音樂家那樣，互相唱和。心之聖所**確實**存在，
卻非語言所能形容。何必試呢！

所羅門王每天都會到那裡去，
用言語、用音樂的和諧、用行動
為人做指引。
一個王子只是個自誇者，除非他能**做出**
一些慷慨大度之舉。

✻眾鳥派出代表向所羅門投訴：
「為什麼你從不責難夜鶯？」

夜鶯代所羅門回答說：
「因為我的叫法
有別於你們。我只會在
三月中至六月中歌唱。
其他九個月，
當你們依舊吱吱喳喳個不停，
我卻保持沈默。」

註釋：

①「拉」(la) 這個字有「不」、「空」、「無」、「捨棄」等意思。(中譯者註)

15

三尾魚：為愛豪賭

The Three Fish

關於豪賭

對一隻從未離開過池塘的青蛙來說，遷居大海等於是一場豪賭。看看他要割捨的東西有多少：安全感、對周遭環境的主宰感和自我肯定。海蛙對池蛙搖搖頭說：「我沒法向你精確描述我住的地方是個什麼樣子，但總有一天我會把你帶到我這裡來。」

✲拿出一切去為愛豪賭吧，
要是你是個真實的人的話。

如果你不是，那就請你
離開這個聚會。

你出發尋索真主，
卻走走停停；
半心半意的人
是抵達不了大莊嚴的。

✲順著滾滾溪流乘舟而下，
你會以為，在快速移動的是
兩岸的樹木。

我們四周的一切變化得那麼快，
緣於我們離開此世界的舟子的速度。

✲三尾魚

這是一個關於住在湖裡的
三尾魚的故事。這三尾魚
一條極聰明，
一條普通，

一條卻是笨魚。

有些漁人帶著網罟，來到湖邊，
三尾魚也看見了。

極聰明的魚決定立刻啟程，
不辭艱辛和跋涉，奔赴大海。

他自忖：「我還是不要跟另兩尾魚商量為妙。
他們只會削弱我的決心，因為他們太愛這個湖了。
他們竟稱這裡為**家**。他們的無知
將讓他們無法自拔。」

當你打算旅行的時候，找個旅人當導師，
不要找因為跛腳而在原地踏步的人給你出主意。

穆罕默德說過：「愛我們的家鄉，
是我們信仰的一部分。」
千萬不要按字面理解這句話！
你真正的「家鄉」，是你要前赴的目的地，
不是你現在的住所。

愛自己家鄉不是錯事，但你得先問：
「哪裡才是我真正的家鄉？」

聰明的魚一見漁人來到，就說：
「是我離開的時候。」

穆罕默德曾告訴阿里①一個祕密，但吩咐他不可外洩。
阿里憋不住，
對著一口井輕輕把祕密說出。
有時候，我們無人可以傾訴，
只能一個人獨自出發。

聰明的魚像一頭被追逐的鹿，
費盡九牛二虎之力，歷盡艱辛，
終於游抵安全的大海。

湖中那尾半聰明的普通的魚思索：
「我的導師已經走了。
我本應跟他一道離開，
但卻沒有那樣做，
現在我已失去逃走的機會。
真是悔不當初。」
不要為已發生的事情懊惱。它既然已過去，
就讓它過去好了。甚至不要去**回憶**它。

某個人用陷阱抓住了一隻鳥。
鳥兒對他說：「先生，你一生吃過那麼多的牛羊，
卻仍然不飽，那我身上的區區之肉，
對你又有什麼裨益呢？
如果你放我走的話，我將會以三個智慧回報。
第一個智慧我將站在你手掌上說出，

第二個智慧將站在屋頂上說出，
第三個智慧將站在大樹的枝椏上說出。」

抓鳥人被打動了。他把小鳥放在手掌上，
讓牠說出第一個智慧。
「第一：不要相信謬論，
不管那是出自誰的口。」

小鳥飛到屋頂上。「第二，
不要為過去懊惱。那是已過去的事。
不要為已過去的事後悔。」

「順道跟你說說。」小鳥說。「我肚子內有顆
大珍珠，重若十枚銅錢。
你和你的兒女本來可以得到它的，
但如今已失去機會。」

抓鳥人聞言，號啕大哭，如喪考妣。
小鳥說：「我剛才不是說過**不要為過去懊惱**嗎？
不是又說過**不要相信謬論**嗎？
我整個身體都沒十枚銅錢重，
體內又怎會有十枚銅錢重的珍珠呢？」

抓鳥人止住了哭聲：「那好吧，
你告訴我第三個智慧。」

「好，第三個智慧就是，你必須牢記前兩個智慧！」

不要給酒醉或昏睡的人忠告。
不要在沙地上撒種。
有些破衣服是縫無可縫的。

讓我們回到那條普通的魚去。
他為失去導師而悲傷了一陣子，
然後他想：「我要怎樣才能免於漁夫的毒手呢？
我何不裝死！
我要讓自己反白，像野草一樣漂浮於水面。
正如穆罕默德所說的：『我要在死前先死。』」
於是他就裝起死來。

「看看，這裡有條又肥又大的魚。
不過可惜，是條死魚！」
其中一個漁夫掂著他的尾巴
把他提出水面，拍打了一下，
然後扔在岸上。

他在陸地上慢慢翻滾，悄悄
滑回到水中。

在此同時，
第三尾魚，也就是那尾笨魚，
正拼命奔竄，想逃過漁夫的追捕。

當然，漁夫的網罟終於還是圍住了他。

當他躺在可怕的煎鍋上時，心想
：「要是能活著離開這裡，
我決不會再回到那狹隘的湖中。
我要到大海裡去！
我要以無限為家。」

✻**每當我回憶起你的愛，**
就會掉淚，而每當我聽人
談到你，
胸口就會蠢蠢然——
沒有大翻騰，
只像睡夢中的蠢動。

✻**我們一生都在**
互望著對方的臉。
今天也是如此。

我們是怎樣守住這個愛的祕密的呢？
我們以眉傳話，
以眼聆聽。

註釋：

①阿里（Ali, 598-661），穆罕默德的堂弟，亦是回教的第四任哈里發，為回教史上極重要之人物。（中譯者註）

16 耶穌之詩：基督是全人類

Jesus Poems

關於耶穌

在耶穌與魯米之間有著強烈的精神聯繫。我聽說，在伊朗一家基督教堂門楣的石頭上刻有魯米的一首四行詩：

在耶穌的居住之處，偉大的心靈匯聚。

我們是一扇永不上鎖的門。

如果誰有苦痛，

走近這扇門。推開它。

耶穌和魯米同是接納和慈悲精神的體現者。耶穌沒有跟任何人有著類似魯米與夏姆斯之間的友誼，但他和魯米對待小孩與被社會遺棄者的態度卻並無兩樣。魯米對十三世紀時候回教小村鎮裡那些備受冷落的成員表現出深深的關懷。他常常會在路上停下腳步，向老婦人和小孩子鞠躬，祝福他們和接受他們祝福。有一天，一個亞美尼亞屠夫——一個基督徒——打魯米面前經過，魯米立刻站住，向對方連鞠了七個躬。又有一天，魯米走到一群正在玩耍的孩子中間，告訴他們，他們將來都會像他一樣，長大成人；這時候，一個小孩從田的另一邊向他飛奔過來，一面跑一面喊：「等等我，等等我！」魯米靜靜等著，等小孩走近以後，他向小孩鞠躬為禮，小孩也向他鞠躬為禮。

✲我透過門喊你：

「神祕主義者都已經
群聚在街上了。快出來吧！」

「不要煩我。
我病了。」

「那怕你死了也不打緊！
耶穌就在這裡，他可以
叫人復活。」

✲騎在蹇驢上的耶穌

耶穌騎在蹇驢上，肖似
理性的精神駕馭著
野性的靈魂。
讓你的精神像耶穌一樣堅強。
如果你的精神削弱，
蹇驢就會膨脹成巨龍。

當你看到一個智者
做出某些看似不仁慈的舉動時，
應該感激。

話說有一次，一個聖者

騎驢經過一個睡著的人身旁時，
看到一條蛇正爬入他的口中！
聖者來不及阻止，蛇爬入了那人腹中。
聖者趕忙用手杖連敲睡者的頭，把他敲醒。

睡者驚醒過來，奔到一棵蘋果樹下。
蘋果樹下掉滿一地爛蘋果。

「吃！你這個可憐人！吃。」
「你為何這樣對我？」
「繼續吃，可憐的傢伙。」
「我以前從未見過你！
你是誰？為什麼你要和我的靈魂過不去？」

聖者逼那人不斷吃爛蘋果，
然後，又用手杖打他，逼他跑步，
如是者整整四小時。
最後，那人精疲力竭、滿身是血，
不支倒地
吐出胃裡所有東西：包括蘋果和蛇。

當他看到醜陋的蛇，馬上跪倒在聖者面前。
「你是迦百利嗎？你是上主嗎？
我竟然不知道自己已經死了，
你賜予我新生命。
我對你說過的那些話何其愚蠢！」

「如果我一開始就對你說出實情，
你可能會恐懼得癱瘓。
穆罕默德說過：『如果我告訴你們，
敵人就住在你們裡面，那麼，
就是最勇敢的人也會變得癱瘓。
沒人會外出，沒人會做任何事。
沒有人會齋戒或禱告，
而所有能帶來改變的力量將消失無蹤。』
職是之故，**打你的時候，**
我才會箴默不語。

真主的箴默是必要的，因為人的心靈無比脆弱。
如果我告訴你有關蛇的事，你根本吃不下蘋果，
而如果你不吃蘋果，就無法把蛇給吐出來。」

那個被治癒的人依然跪著：
「我無從感謝你，
真主會感謝你的。」

✲耶穌為何而跑

馬利亞之子，耶穌，
正急急奔上一個山坡，彷彿
有野獸在追著他跑。

有人在他身後追問：「你為何如此慌張？
沒有人在追你啊。」
耶穌繼續跑，沒有答話，轉眼間又跑過了兩片田。
「你不是那個能叫死人復活的人嗎？」「我是。」
「你不是那個能令陶鳥飛翔的人嗎？」「是的。」
「那麼，誰能讓你怕成這個樣子呢？」
耶穌放慢了腳步。

「我可以以上主之名叫盲者聾者得醫治。
我可以叫石山土崩瓦解。
我可以叫不存在的變成存在。
然而，我對冥頑不靈的人毫無辦法。
我在他們面前說破了嘴，
他們都不為所動。
他們像石頭一樣頑固，像沙地一樣
寸草不生。
罹患疾病的人會對上主謙卑，
但這種無動於衷的人
卻對上主
以暴力與冷漠相向。
我要逃離的是這些人。

空氣會一點一滴將水蒸發，
拒絕改變的愚人會一點一滴讓人失去耐心。
他們像冰冷的石頭，

讓坐在上頭的你逐漸失去體熱。
他們感受不到太陽的存在。」

耶穌不是要逃離人群。
他只是要用一種新的方式教化他們。

✲基督是全人類。
沒有偽善者存在的餘地。
既然處處都是甜美的水，
何必還要用苦湯來治病呢？

17

故事：在巴格達夢見開羅

In Baghdad,Dreaming of Cairo

關於巴格達

以下是更多採自魯米《智慧律詩》一書的詩篇。這本詩集寫成於一二六〇年至一二七三年間，魯米把它題獻給他的抄寫員胡珊・切利畢。魯米喜歡跟胡珊在孔雅城內到處溜躂，或到附近的馬林葡萄園散步聊天，引發詩興。魯米對入詩材料的取捨不拘一格，從《可蘭經》裡的段落、民間故事、笑話到各種忽發奇想，兼收並蓄，其取材之駁雜，放眼世界文學史亦罕見其匹。展讀《智慧律詩》有如置身一間鏡子之屋，我們在其中看到的一切人事物，莫不是我們自身的鏡像。

✲在巴格達夢見開羅，在開羅夢見巴格達

不要再製造低沈的鼓聲了！
把鼓棍包起來吧！

把你的旗子立在開闊的田野上吧！
不要再鬼鬼祟祟地東張西望了。

你要嘛看到意中人，
要嘛你會人頭落地！

如果你的喉還沒準備好喝酒，把它割掉！
如果你的眼還沒準備好目睹合一的豐盛，
讓它瞎掉！

我會用我全部的激情、全部的精力
尋找朋友，
直到我明白此乃多一舉。

在一個人走過好些冤枉路以前，
真理之門不會在他面前開啟。

正如數學上的「負負得正」一樣，
人只有在經歷兩次的錯誤以後，
才會找到正確答案。

也許一個尋路者會說：

「如果我早知道路的話，
就不用東找西找了。」

但如果沒有東找西找，
他又如何能知道路！

你恐懼失去某個高位，
以為它可以帶給你好處，
但好處最後往往來自別的地方。
命運常常玩這種相反的把戲，
它讓你向著某個方向投出希望，
卻從你意想不到的方向滿足你的希望。

它讓你困惑而驚訝，
讓你對未知不再那麼排拒。

你計劃以裁縫師為業，
但最後當上的卻可能是你從未想過的鐵匠。

我不知道，我所渴望的合一
是會透過我的努力而來呢，
還是會透過我的放棄而來。

我像一頭被斬首的小雞，
因擔心元神總有辦法自我身體逸走
而慌張地撲翅。

渴望總會找到自己的出口。

從前有一個人，
繼承了大筆的金錢和土地，
但迅即把財富揮霍殆盡。
那些靠遺產致富的人，
不會知道金錢的價值。

同理，**我們不知道靈魂的價值，**
因為那是我們白白得來的。

那人落得孑然一身，一無所有，
像沙漠裡的貓頭鷹。

先知說過，
真正的尋道者必須像琵琶
全然的虛己，
否則它無法奏出甜美的妙音。

當一把琵琶的音箱因塞滿東西而瘖啞，
彈奏者就會把它拋棄，
代之以另一把琵琶。

那把財產揮霍掉的人如今空了，
他的淚水奪眶而出。
他原有的鐵石心腸柔軟了。
這種情形也見諸許多其他的尋求者。

他們的禱告辭哀情切，
連眾天使都忍不住為他們說情：
「上主啊，回應他們的禱告吧。除你以外，
他們已別無依靠。
為什麼你對那些不如他們哀切的禱告者
反而更慷慨大度呢？」

真主回答說：
「我延緩施助，正是對他們的一種幫助。
他們現在需要，才不得不面向我。
如果我輕易滿足他們的需要，
他們就會重新沈迷於舊日的荒唐。
聽聽他們的哀告聲多麼淒婉動人！
那才是他們該有的樣子。」

夜鶯會被關在籠裡，
是因為牠有一副美妙的嗓子。
誰聽說過有人會關烏鴉的？

有兩個人，
一個是老人家，一個是英俊的青年，
不約而同到一家麵包店。
店主很喜歡那英俊的青年。

當老人和青年開口買麵包，
店主二話不說就把麵包給了老人，卻對年輕的那一位說

：

「馬上就有新鮮出爐的麵包了，
坐下來等一會兒吧。」

等熱麵包端出來，店主又說：
「不要走，新鮮的芝麻酥糖快做好了。」

店主千方百計要留住年輕人：
「對了，我有件很重要的事情要告訴你。
你等一下，我馬上回來。」

這也是，真正的尋道者之所以會
屢屢失望的原因。
他們一再與企盼的東西失諸交臂，
卻一再得到他們
避之唯恐不及的東西。

那個繼承巨產而又揮霍一空的人
日夜哀哭：主啊，主啊！

最後，在夢中，
一個聲音對他說：
「你的財富在開羅。
到某某地點挖掘，
你將得到你企盼的東西。」

於是，他踏上了前赴開羅的漫漫長路。

當他終於看見開羅的尖塔時，
新的勇氣湧上了胸膛。

但開羅是個大城市，
要找到夢中開示的藏寶地點
不是三天兩頭的事情。

他一文不名，只能靠乞討為生，
但又羞於如此。
他想出了一個變通的辦法：
「我何不在夜間，裝成化緣的僧人，
向路過的人乞討？」

羞慚與飢餓，像兩股無形的力量，
把他拉來扯去！

一天晚上，他正在行乞間，
一個巡警突然上前要逮捕他。
原來開羅最近夜盜猖獗，
哈里發指示巡警要注意一切可疑人士。

那人大驚失色，連忙喊道：
「等等！我可以解釋！」
「說吧。」
「我不是小偷。
我本住在巴格達，來到開羅才沒多久。」

接下來，他把夢境告訴了巡警。
巡警聽畢哈哈大笑。
這也是人們聽到真理時
常有的反應。

激情具有療傷止痛的力量，
可以讓枯枝重生。
激情的力量勝於一切！

但另有一種虛假的樂天知命感，
它會誘勸人遠離激情，放棄追尋。

逃開那可以稀釋你激情的虛假救贖。
讓你的激情始終豐沛充盈。

巡警對那人說：「我現在知道你不是小偷了。
你是個好人，但也是個大笨蛋。
我做過跟你一樣的夢。
在夢中，有聲音告訴我，
在巴格達某某街有一棟房子，
地底下埋著寶藏。」

巡警說的街名
竟是那人在巴格達住的
同一條街！

「夢中的聲音又告訴我：

『那棟房子的外觀是這樣這樣的，
到巴格達去，把它找出來！』」

巡警不知道，他描述的那棟房子的外觀，
和那人在巴格達所住的房子
一模一樣！

「雖然我做了這樣的夢，
但我可沒像你一樣傻，
長途跋涉，沿街乞討，
弄得自己精疲力竭、灰頭土臉！」

那尋覓者默默無語，
但內心卻在驚呼：
「原來我尋尋覓覓的財寶就在
巴格達我自己的家裡！」

他感覺自己被快樂充滿，不斷在心裡頌讚主。
最後，他說話了：
「生命之水原來就在我裡面，
但我卻走了這麼多路才曉得。」

✲死與笑

一個情人告訴他的意中人，

自己有多麼多麼愛她。
為了她，他每天黎明即起，齋戒沐浴；
為了她，他不惜捨棄了全部的
財富、權力與名望。

有一股火焰在他胸中燃燒。
他不知道火焰來自何處，
但它讓他涕泣，讓他像蠟燭一樣
慢慢融化。

「你做得很好。」他的意中人說道。
「但你做的全是愛的裝飾品，全是花、枝、莖、葉。
要當個真正稱職的情人，
你必須活在根裡。」

「怎樣才是活在根裡？告訴我！」

「你做了每一件事情，獨欠一死。
你必須死。」

聽了這話以後，他就躺到地上，
放聲大笑，然後死去。

那笑，是他的自由，
是他獻給永恆的贈禮。

當月的光輝回歸到太陽之中去時，

他聽到了回家的呼喚，於是他就走了。

當光返回它的源頭，
它不會帶走
它照耀過的事物之一絲一毫。

它照耀過的，有可能是一個垃圾堆，
有可能是一個花園，
有可能是人的眼睛。
但都無關宏旨了。

它走了。而當它走後，
廣袤的大平原在寂寞中神傷，
企盼著它的重返。

✻貓與肉

有一個饞嘴的婦人，
無論丈夫買多少食物回家，
都會被她偷吃光。
但她總是千方百計抵賴，
不承認食物是自己偷吃。

有一天，丈夫為接待客人
買了一些羊肉回家。

這羊肉要花他兩百天的工錢。

婦人一等丈夫出門，
馬上把羊肉做成烤肉串
伴酒吃光。

等丈夫和客人回到家裡，婦人就說：
「肉是貓吃掉的。
如果你有錢的話，就再去買些回來吧。」

丈夫命僕人把貓放在天秤上稱了稱。
重三磅。
「我買的羊肉一共三磅一盎斯。
如果這就是貓，那肉到哪裡去呢？
如果這就是肉，那貓到哪裡去呢？
快把那不見了的一方找出來吧！」

這就好比有人問：
如果你是身體，你的精神又在哪裡？
如果你是精神，你的身體又在哪裡？

但這不是我們需要操心的問題，
因為身體和精神是並存不悖的，
就像稻是由稻穗和稻莖共同組成一樣。
神聖的屠夫從我們的大腿上挖下了一片肉，
也從我們的脖子上挖下了一片肉。

可見與不可見兩者
世界缺一不成其為世界。

你把塵撒向一個人，
不會怎樣。

你把水潑向一個人，
不會怎樣。

但如果你把水和塵和在一起
潑向一個人，就會在他頭上
結成塊塊。

18

綠穗處處：跑來跑去的小孩

Green Ears Everywhere

關於跑來跑去的小孩

據說在中國，有三位道家大師，常常跑到熙熙攘攘的市場，站著不動，放聲大笑。後來其中一位大師去世。在死者的喪禮上，大家都覺得很奇怪，因為另兩位大師仍舊在笑，一點傷心的表示都沒有。他們不但沒有準備喪禮該準備的東西，反而在喪禮上放起了鞭炮來。魯米的詩砍也像是在喪禮上施放的鞭炮：它們不願順應所謂的人之常情，反而刻意把我們的心思從哀戚中引離開去。

✲**過去，我是個靦腆的人，**
但你卻讓我敢於引吭高歌。

過去，我拒絕碰桌上的食物，
如今，我要喝更多的酒。

過去，我習慣坐在草蓆上，
臉色凝重，獨自禱告。

如今，小孩在我身邊跑來跑去，
對我展臉而笑。

✲綠穗

有一場大旱災。穀物都乾死了。
葡萄樹葉由綠轉黑。

人們像擱淺在岸的魚兒
奄奄一息，輾轉呻吟。
但有個人卻不為這眼前的悽慘景象所動，
自始至終哈哈大笑。

人們責問他說：
「你怎麼沒半點惻隱之心？」

他答道：「在你們眼中，這是旱災，

但在我眼中，這卻是上主娛人的一種方式。

在這荒漠中，我看見
玉蜀黍亭亭玉立，高及人腰；
比韭菜還要綠的黍穗
像一片海洋，波動起伏。

我上前去觸摸他們。
我又怎能不笑意盈盈呢？

你們與你們的朋友
是溺在由你們身體血液所構成之紅海裡的
法老王。
與摩西為友吧，把這視為另一條河水。」

當你們認為父親待你們不公，
就覺得他的臉龐猙獰。
在嫉妒的兄弟眼中，
約瑟何嘗不是個危險的人？
當你們與父親和好，
他看起來就祥和而友善。而整個世界，
就會成為真理之理型。

當某人不懂得心存感激，
眾理型就會**如他所感受般**呈現。
它們會成為一面鏡子，

反照出他的憤怒、貪婪或恐懼。
與宇宙和好。享受它蘊含的歡愉。

這樣，它就會變成黃金。復活日就在
當下。每一刻都是
新的美。

不要抱怨單調無聊。
這豐盛會把眾多清泉的妙音注入你們耳中。

樹枝一旦知道了生活的奧祕所在，
就會像人一樣婆娑起舞。

有些奧祕我並不打算告訴你們。
到處都有人向我提出質疑：
「你的宣示有可能在未來是真的，
但不是在現在。」
但我所看到的那個普遍真理的形相卻說：
這不是個預言。這是發生在
此時此刻的事情，就在你的手中！

這讓我想起了烏薩耳的兒子們。
他們走到大路上，等待遠行歸來的父親。
他們父親在遠行期間變年輕了，而他們卻變老了。
所以，他們碰到烏薩耳，並不認得，竟然問道：
「對不起，先生，您可有見過烏薩耳？

我們聽說他今天會打這條路經過。」

「有。」烏薩耳答道。「他就走在我後面。」
其中一個兒子聞言就說：「真是好消息！」

但另一個兒子卻認出了父親，
他立刻俯伏在地，並呵斥他的兄弟說：
「你在說什麼話。我們已
內在於顯現的甜美中。」

對你們的心靈來說，有所謂**消息**這回事，
但對內在之知來說，一切都是正在發生的事情。

對懷疑者來說，這是個痛苦。
對信仰者來說，這是個福音。
對愛者或有靈視者而言
這是正在過的生活。

信仰的規則
猶如門與守門人。
它們合力守護顯現者
免受干擾。

無信仰就像包在果實外面的果皮，既苦且乾，
有信仰就像裡頭的果肉，甜而多汁。
但真正的裡頭是超越「苦」與「甜」的，
它是美味的真正源頭。

這是無法言詮的，我溺在其中了！

但讓我像摩西一樣
在水中闢出一條路來。
我能述說的，僅有如下這些，
至於其餘，則隱藏：

你的智慧像碎片，像散處各處的黃金碎屑。
你必須把它們組合起來，如此
皇家的印信
才能壓入你的內裡。

凝合，然後你將會像大馬士革一樣可愛。
點點滴滴把你的各部分收集起來，然後
你將會比一枚金幣更亮麗，
你將會變成一個有華麗雕飾的酒杯。

朋友會成為你的麵包及泉水，
你的燈，你的幫助者，你最喜歡的甜點
和一杯美酒。

與唯一者結合事屬恩賜。
把所有方塊都收集起來吧，
我將會為你顯示那是怎樣的光景。

那是言說的目的：
助我們成為「一」。

「多」有六種不同的情緒。
「一」則只有平和與靜默。

我知道我應該保持緘默，
但亢奮卻像打噴嚏或打呵欠一般，
讓我無法把嘴合攏。

穆罕默德說：「我一天懇求上主寬恕七十次。」
我也一樣。原諒我。原諒我說得太多。
但上主讓奧祕顯現的方式，
卻讓字詞在我之內不斷快速流湍。

一個睡者正在睡眠，
他床單的一角沾在河水裡。
睡者夢見了遠處有水源，他大喊
：「水！前面有水！前面！」
正是這個「前面！」讓他不願醒來。
未來、遠方
這些都只是幻象。
品嚐真主的**此時、此地**。

啜飲現在才是真正的智慧，
向前向後看都只是小聰明。
迂迴已死，把它放入墓中吧。

學究式的淵博只會令人暈頭轉向。

倒不如用心傾聽。

當老師只是慾望的一種形式，
一道閃電。
你能騎著閃電
前往華克什或遠赴奧克斯河去嗎？

閃電不是指引。
閃電只是下雨的前兆。
稍稍啜泣吧。**心靈的電閃**
為的是叫我們啜泣
憧憬真實的生命。

孩子的聰明告訴他：「我該上學。」
但這聰明本身不能給他什麼學問。

病人的聰明告訴他：「我該去看大夫。」
但這聰明本身不能治好他的病。

有些魔鬼躡手躡腳走近天堂
想要偷聽祕密，但他們聽到的卻是：
「離開這裡，到凡間去。諦聽先知之言。」
要進屋內，就穿門而過吧，
那只有咫尺之路。你是中空的蘆葦，
但你卻可以再次變為甘蔗，
只要你聽從指引。

那指引會挪開你的鷹頭罩。
愛是放鷹者，你的王。

讓它來訓練你。永不要說或想：
「我總比……某些人強。」

那是撒旦的思考方式。
安睡在精神之樹的安詳樹蔭下，
永遠不要讓你的頭伸出綠蔭之外。

✻鳥兒的歌聲紓解了
我的思念。

我像牠們一般狂喜，
卻苦不懂得傾吐。

宇宙的靈魂，求求你，
讓歌聲或什麼東西，
自我體內流瀉。

✻愛之道不在於
精巧的論證。

門被荒廢了。

鳥兒們在天際

自由自在的盤旋。
牠們是怎樣學會飛的？

牠們掉下來，又掉下來，
終於獲得了翅膀。

✲你分了我的心，
你的不在搧起了我的愛。
別問怎樣。

然後你來了。
「不要……」我說，
「不要……」你答。

不要問為什麼，
這令我歡快。

✲最後的人物

我左思右想，
怎樣才能把我的臉
變成是你的。

「我可以附在你耳邊

訴說一個我做過的夢嗎？
你從未對別人提起過這個夢。」

你點了點頭，臉有笑意，
彷彿在說：「我知道你要玩什麼花樣，
來吧。」

我是你用金線繡在綴錦上的
最後一個人物，
一個繡著好玩的附加物。

但你綴錦上沒有任何部分
是多餘乏味的。
我是它美的一部分。

✲我抓住一塊朽木，它變成了琵琶。

我做了些卑劣的事，它對某些人帶來了幫助。
我說人不能在聖月旅行，
但我自己卻去旅行，並遇上奇妙之極的事情。

19

交織：共同的修煉

Being Woven

關於交織

伊朗人有種稱為「馬賽拉」(moshaereh)的古老遊戲。「馬賽拉」一詞的原意為「與詩為伴」。這是一種連綴詩句的遊戲，由一群參加者輪流背誦詩句，規則是每個參加者所背誦的詩句，其首字必須與前一人所背誦詩句的尾字相同。這種遊戲往往一進行就是幾個小時，而綿延不斷的詩句就像縷縷絲線，把參加遊戲的一家人或一群朋友緊緊地交織在一起。

魯米說過：「無論是在清真寺、猶太會堂還是基督教堂，我見到的都是同一個祭壇。」在另一個地方，也又指出，一個人如果過分膨脹自己的宗教或國家，他的惻隱之心就會有枯竭之虞。在宗教戰爭和宗派衝突處於白熱化的十三世紀，魯米這番金玉良言格外顯得難能可貴。當魯米在一二七三年十二月過世的時候，各大宗教團體都派代表出席了他的喪禮。

✲交織

「這條路上充滿真正的獻祭。

這條路險阻重重，使人望而生畏。
走這條路需要勇氣和精力，
可是，路上卻佈滿了足跡！
這些伙伴們是誰？
他們是梯子的階梯。借助他們！
有他們為伴，
你往上爬的速度將可加快。

你可能樂於踽踽獨行，
但有其他人同行可以讓你走得更遠，更快。

每個先知都在尋找同伴。
一堵孤伶伶的牆毫無作用，
必需要和三或四堵的牆合作，
才能撐起一個屋頂，

當筆和墨會聚，
白紙就能說出話來。
燈心草和茅草不互相**交織**
就不能成為有用的草蓆；
風一來，

它們就會各自被吹走。
同理，真主配對萬物，
賦予他們友誼。」

這就是捕鳥者和鳥兒爭論
隱士生活與群體生活孰優孰劣時
所發表的言論。

那是一個冗長的辯論。
快刀斬亂麻地把它結束掉吧，胡珊。
讓《智慧律詩》不要那麼累贅。
輕快的語音對心靈之耳會更有魅力。

✲水車

和我待在一起，朋友。
不要走開或睡著。

我們的友誼，
是由警醒建立的。

水車接受水，
旋轉，然後使它
淚灑而出。

它就那樣子待在花園裡，
但另一個圓
卻在乾涸的河床裡滾轉，
追尋它自以為的所欲。

留在這裡，隨水車的
每一下轉動而顫動，
像滴水銀。

✲穀倉的地板

一個蘇菲在世界各地流浪。
一夜，他到達一個蘇菲教團作客。
把驢子綁在馬廐，
然後接受主人的款待。
主客一起沈思冥想，進行神秘的修煉。
對一群蘇菲來說，一個訪客所能帶來的教益
要比一本書多得多。
蘇菲的書本不是由墨水與字母所構成。
學者熱愛的是文字，蘇菲熱愛的卻是足跡！
他追隨足跡，搜捕獵物。
起初，他只能靠足跡辨物，
久而久之，他學會靠氣味辨物。

靠氣味辨物，要比靠足跡辨物
精準百倍。
向神聖者敞開的人，
對蘇菲來說猶如一扇門。
別人眼中無用的石頭，
對蘇菲來說可能是一顆珍珠。
你可以在鏡子裡看到自己的影像，
但一個謝赫可以在破磚瓦中看到比這還要多的東西。
蘇菲導師是一些精神先於世界而生的人。
在進入現在的肉體以前，他們就已活過好幾輩子。

在種子播下以前，他們已經豐收。
在有大海以前，他們已經採得珍珠。
在天使反對上主創世的時候，
這些謝赫已經站在他們中間
鼓掌喝采。
在物化以前，他們已經曉得
被形軀所困會是什麼感覺。
在有夜空以前，他們已經見過土星。
在大麥結籽以前，他們已經嚐過麵包的滋味。
在未有心靈以前，他們就已懂得思考。

我們總是把心思擺在過去或未來，
但謝赫卻不受過去或未來的羈絆。

在礦坑還沒開挖以前，
他們就已經知道裡面藏有金屬；
在未到達葡萄園以前，
他們就已經知道有什麼興奮的事等在前頭。
才七月，他們就感受到十二月的氣候。
在太陽未升起以前，他們就已經找到陰影。
在自我消解狀態，當萬物都已銷融，
他們卻能辨認出萬物。
藍天啜飲他們旋轉的酒杯；
太陽穿戴他們慷慨的黃金。

當兩個這樣的人相遇，他們就不再是兩個人。
他們是一，也是億。
海浪和他們最相像，
因為海浪是一，也是多。

朋友，我們是同行的旅人。
拋卻你的疲乏。讓我向你展示
一小點無法言詮的美。
我像一隻走入穀倉的螞蟻，
正帶著傻傻的快樂，
試著把一粒比我身軀大得多的穀粒搬走。

✲摸象

有些印度人帶來一匹象供展示。
這裡沒人看過象長得什麼樣子。
展示的時間是晚上，地點是一間黑室。

我們一個接一個
走入黑室，
靠手去知覺大象的長相。
出來以後，我們分別發表觀感。

我們其中一個摸到的是象鼻。
「象是長得像水管的生物。」

另一個摸到的是象耳。「一種強而有力，
經常前後擺動，像扇子的動物。」

摸到腿的那個說：「直挺挺的，
我覺得牠像廟宇的柱子。」

摸到象背的人表示：
「像張裹著皮革的王座。」

我們之中最聰明的那位摸到的是象牙。
「像一把陶瓷的圓劍。」
他很為自己形容的精確而自得。

我們各摸到了象的一部分，
卻把它當成是全部。

我們感官對實相的認知
其偏狹
猶如指掌在黑暗中對象的摸索。

如果我們能人手一根蠟燭，
齊步走入黑室，自能看出
象的全貌。

20

思慕之歌：私密的修持

Wished-For Song

關於私密的修持

蛋在魯米詩中象徵的是一個可以讓每個靈魂孕育出其自身特質的隱靜空間。私密的修持可以孵化出可愛的多樣性。同是一顆皮革質的蛋，它孵化出來的有可能是隻麻雀，也有可能是條蛇。靈魂在閉關靜修或四十天齋戒(chilla)期間所發生的變化，和胚胎在母體內九個月的變化一樣可觀。冥想或其他任一種孤獨的修行方式（如黎明時散步、每天早上寫一首詩或坐在屋頂上觀看日出等）都可以讓人的靈魂拓深拓寬。

有以下這樣一則故事。一個囚犯收到朋友送的禱告毯，雖然這不是他最中意的禮物（他最巴望得到的是一把能打開獄門的銼刀或鑰匙！），但他還是用它來進行一天五次的禮告。他每天跪在毯子上禱告，跪拜，禱告，跪拜。久而久之，他注意到在毯子上方有一個很奇怪的圖案，位置剛好就在他叩頭時前額碰觸的地方。他對著圖案苦思冥想良久，驀然發現，那原來是他囚室門鎖的結構圖！他終於可以越獄了！任何你每天持之以恆在做的事情，都可以為你打開一扇通向精神深處、通向自由的門。

✲思慕之歌

你是歌，
一首思慕之歌。

穿過耳朵，進至中心去吧
那裡是天空，是風，
是靜默之知。

撒下種子，並覆蓋它們。
在你作工的地方，
葉片自會抽芽滋長。

✲一籃新鮮麵包

先知穆罕默德說：「在這路途上，
沒有比你作的工，是你更好的伴。
你的行為是你最好的朋友，
而如果你殘忍、自私，你的行為將是
住在你墓中的毒蛇。」

但告訴我，
沒有導師的指引
你懂得怎樣作善工嗎？

要知道，即使最低層次的日常生活，
我們也多多少少需要別人的指導。

有知識，
才能有好的工作。然後，
在好一段時間以後，
也許是在你死後，
你作的工就會開花結果。

不管學習任何技藝，
都尋求幫助及指引。
尋找慷慨的導師，
一個浸淫於傳統的人。

在貝殼中尋找珍珠。
跟匠人學習工藝。

當你碰上一個真正的精神導師，
要溫文有禮而謙遜。
問他問題，並抱著熱切的心情期待答案。
千萬不要一副紆尊降貴的樣子。

一個皮革師傅
不會因為他穿的是件破舊的工作服
而減低他的專業程度。

一個優秀的打鐵匠，

穿的即使是件補綻的圍裙，
仍無損他鑄鐵的手藝。

把你的傲慢撕碎，
穿上謙卑的外套。

如果你想學的是理論，
那就跟一個理論家討論。
理論是透過口來獲得的。

如果你學的是手藝，就要不斷練習。
好的手藝來自手。

如果你想成為托缽僧，想習得精神上的虛靜，
你就必須與謝赫為友。

談論、閱讀並修持。
靈魂會從有智慧的靈魂那裡獲益。

精神虛靜的奧義
容或早已存在於朝聖者的心中，
但他卻可能無此自知。

等待光照的開啟，
像你的胸膛裡充滿了光。
正如真主所說的：
我們還沒有把你擴而充之嗎？（《可蘭經》九十四章一節）

不要在你自己之外尋它。

你是奶的源頭，不要到別處去找奶！

有一個奶的活水源頭在你之內，

不要拿著空水桶左顧右盼。

你有一條通往海洋的隧道，

可你卻向一個小池塘開口要水。

祈求愛的擴充吧。把心思完全擺在這上面。

《可蘭經》上說：

祂與你同在。（五十七章四節）

你手上有一籃新鮮的麵包，

可你偏偏挨家挨戶去要麵包屑。

敲你自己那扇內在的門。不要敲別的門。

河水深及你的膝蓋，

但你卻老想喝其他人水袋裡的一口水。

你身邊四周都是水，

可你偏偏只看見那道把你與水隔開的圍欄。

馬明明就在騎者的胯下，但他卻問：

「我的馬呢？」

就在這裡！就在你屁股下！

「沒錯，我胯下是有匹馬，但我的馬呢？」

你是瞎子不成！

他渴得發慌，以至於無視於
溪水就打從他臉上不遠處流過。
他像一顆置身海底之下的珍珠，
在蚌殼內滿腹狐疑地問：
「大海在哪裡？」

他心靈的疑問在他面前豎起了圍欄。
他的肉眼綁住了他的真知。
他的自我意識封住了他的耳。

如痴如醉地守在主旁，
心無旁騖。

只有一條正道：
澆灌果樹，不要澆灌荊棘。
對那能滋養精神與真主照明之光的物事慷慨，
不要抬舉會引起痢疾與腫瘤的物事。

不要餵你兩個不同的部分以等量的食糧。
精神和肉體各有不同的負重，
它們需要的關注也各不相同。

我們老把鞍座放到耶穌身上，
而一任驢子無負無擔在草地上奔跑。

不要讓身體去從事精神才勝任的工作，
不要讓精神去揹負身體揹負得來的擔子。

✲獨自禱告

當我們與別人一起崇拜，
我們會特別專注，
一坐幾小時也不以為意。
但換成是獨自禱告，
我們可能待不上幾分鐘，
就會匆匆站起來，
順從各種心念的驅使。

不過這些心念都是可以轉化的。
地下的礦物質在被樹吸收以後，
會變為樹的一部分，
植物在被動物吞食後，
會變為動物的一部分，
同樣，人也可以卸下身體這件大行李，
變得輕盈。

✲包裹自己的人

真主把先知穆罕默德稱作穆沙米爾，
意謂「包裹自己的人」，並說：
「從你的掩蓋中走出來吧，你怎麼
這麼喜歡躲藏和逃開呢。

不要遮蓋你的臉。
世界是酒醉的、蹣跚的身體，而你
是他清明的頭。

不要隱藏你那仁慈的蠟燭。
站起來，徹夜燃燒，我的王子。
沒有你的光照，
一頭巨獅就會被一隻兔子俘虜。

穆斯塔法，我所挑選的人，
我最幹練的嚮導，
挺身而出
肩負起船長的重責大任吧。

看看文明的篷車隊，
是怎樣受到十面埋伏。

愚人在世界各地掌權。
不要學耶穌的孤獨。

活在群眾之中，為他們掌權。

胡麥鳥住在最適合自己的加夫山①，
你也應該學習胡麥鳥的模樣，
住在最適合自己的地方。
住在人群之中，擔當教育靈魂的工作。」

註釋：

①胡麥鳥 (Humay)，神話故事中的鳥，說是人與人之間的血緣關係，乃是由牠的影子賦予的；加夫山 (Mt. Qat)，一座位於世界末端、真主住處近旁的山，在魯米的神話系統中，加夫山為胡麥鳥的住處。(英譯者註)

Rumi/魯米

以第三隻眼看世界

魯米(Rumi)是十三世紀伊斯蘭神祕主義的重要詩人。他的作品於十九世紀始被引介到西方世界。至今已被公認為世界文學中的珍貴瑰寶。

他的書是今天盛行的新時代(New Age)暢銷書。

他的詩更被譜成樂曲，風行世界。

台灣的讀者，對他的認識是空白的。

本書的出版，將如魯米詩中所說的：

讓我們以第三隻眼來看世界。

魯米的詩所表達的是人類永恆不變的共同真理。這個真理無論是在中國的老莊思想中看得到，在印度的宗教思想中看得到，更是在基督宗教的世界中看得到。正如巴克斯教授所說，魯米的詩歌正如中國的道家在朋友喪禮中施放的鞭炮。

魯米的詩，隨處閃現生命智慧的靈光，既是空靈的，又是現世的，例如：

讓自己成為一個不名譽的人，
飲下你所有的激情。

閉起雙眼，以第三隻眼睛觀物，
伸出雙臂，要是你希望被擁抱的話。

他的胸懷何其豪放、寬闊；例如：

我們有一大桶葡萄酒，卻沒有杯子
棒極了，
每晨，我們兩頰飛紅一次，
每夜，我們兩頰再飛紅一次。

這鎮裏的人，既愛醉漢，也愛警伯
愛他們，如愛兩枚不同的棋子

讀魯米的詩，除品賞其文字的優美，且亦閱讀他深邃的智慧。誠如他告訴我們：

任何你每天持之以恆在做的事情，都可以為你打開一扇通向精神深處，通向自由的門。

本書由美國巴克斯教授英譯，他被公認是魯米在英語世界中的主要詮釋人。中譯梁永安先生，譯文也十分優美。

英譯者簡介

巴克斯(Coleman Barks)

翻譯過數本魯米的作品，公認是魯米在英語世界的主要詮釋者。他目前在美國喬治亞大學教授詩歌方面的課程。

中譯者簡介

梁永安

台灣大學人類學學士，東海大學哲學博士班研究。
譯有《孤獨》、《革命前夕的摩托車之旅》等。

校對

刁筱華

文字、文化工作者，除曾發表多篇論述外，亦有多部譯著出版。

生活哲思—新文明生活主張

孤獨
最真實、最終極的存在
Philip Koch ◎著
梁永安◎ 譯
中國時報開卷版書評推薦

ISBN:978-957-8453-18-0
定價：350元

孤獨的誘惑
(原書名：孤獨世紀末)
Joanne Wieland-Burston◎著
宋偉航◎譯
余德慧◎導讀
中時開卷版、聯合報讀書人
書評推薦

ISBN:978-986-360-114-2
定價：280元

隱士：
照見孤獨的神性（第二版）
Peter France◎著
梁永安◎ 譯
聯合報讀書人、中時開卷
每周新書金榜

ISBN:978-986-360-115-9
定價：360元

魯米詩篇：在春天走進果園
伊斯蘭神秘主義詩人
Rumi以第三隻眼看世界
Rumi◎著
梁永安◎ 譯

ISBN:978-986-360-171-5
定價：390元

靈魂筆記
從古聖哲到當代藍調歌手的
心靈探險之旅
Phil Cousineau◎著
宋偉航◎ 譯
中時開卷版書評推薦

ISBN:957-8453-44-2
定價：400元

四種愛：親愛 · 友愛 · 情愛 · 大愛
C. S. Lewis◎著
梁永安◎ 譯

ISBN:978-986-360-201-9
定價：250元

運動：天賦良藥
為女性而寫的每天
30分鐘體能改造
Manson & Amend ◎著
刁筱華◎譯

ISBN:957-0411-46-5
定價：300元

愛情的正常性混亂
一場浪漫的社會謀反
社會學家解析現代人的愛情
Ulrich Beck
Elisabeth Beck-Gemsheim◎著
蘇峰山等◎ 譯

ISBN:978-986-360-203-3
定價：400元

內在英雄
現代人的心靈探索之道
Carol S. Pearson◎著
徐慎恕 · 朱侃如 · 龔卓軍◎譯
蔡昌雄◎導讀 · 校訂
聯合報讀書人每周新書金榜

ISBN:978-986-360-146-3
定價:350元

心理學與哲學思考

羅洛・梅 Rollo May

愛與意志：羅洛・梅經典

生與死相反，
但是思考生命的意義
卻必須從死亡而來。

ISBN:978-986-360-140-1
定價：420元

自由與命運：羅洛・梅經典

生命的意義除了接納無
可改變的環境，
並將之轉變為自己的創造外，
別無其他。
中時開卷版、自由時報副刊
書評推薦
ISBN:978-986-360-165-4
定價：360元

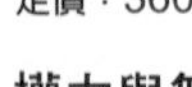

創造的勇氣：羅洛・梅經典

若無勇氣，愛即將褪色，
然後淪為依賴。
如無勇氣，忠實亦難堅持，
然後變為妥協。

中時開卷版書評推薦
ISBN:978-986-360-166-1
定價：230元

權力與無知：羅洛・梅經典

暴力就在此處，
就在常人的世界中，
在失敗者的狂烈哭聲中聽到
青澀少年只在重蹈歷史的覆轍。

ISBN:978-986-3600-68-8
定價：350元

哭喊神話

呈現在我們眼前的....
是一個朝向神話消解的世代。
佇立在過去事物的現代人，
必須瘋狂挖掘自己的根，
即便它是埋藏在太初
遠古的殘骸中。

ISBN:978-986-3600-75-6
定價：380元

焦慮的意義：羅洛・梅經典

焦慮無所不在，
我們在每個角落
幾乎都會碰到焦慮，
並以某種方式與之共處。

聯合報讀書人書評推薦
ISBN:978-986-360-141-8
定價：420元

尤瑟夫・皮柏 Josef Pieper

二十世紀最重要的哲學著作之一

閒暇：一種靈魂的狀態 誠品好讀重量書評推薦

Leisure, The Basis of Culture
德國當代哲學大師經典名著

本書摧毀了20世紀工作至上的迷思，
顛覆當今世界對「閒暇」的觀念
閒暇是一種心靈的態度，
也是靈魂的一種狀態，
可以培養一個人對世界的關照能力。

ISBN:978-986-360-107-4
定價：280元

心理學與哲學思考

C. G. Jung 榮格對21世紀的人說話

發現人類內在世界的哥倫布

榮格早在二十世紀即被譽為是
二十一世紀的心理學家，因為他的成就
與識見遠遠超過了他的時代。

榮格（右一）與弗洛依德（左一）在美國與當地學界合影，中間爲威廉·詹姆斯。

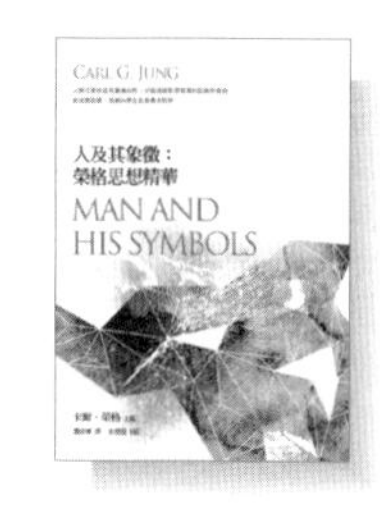

人及其象徵：

榮格思想精華
Carl G. Jung ◎主編
龔卓軍 ◎譯

中時開卷版書評推薦
ISBN: 978-986-6513-81-7
定價：390元

榮格心靈地圖

人類的先知，
神秘心靈世界的拓荒者
Murray Stein◎著
朱侃如 ◎譯
中時開卷版書評推薦
ISBN: 978-986-360-082-4
定價：320元

榮格·占星學

重新評估榮格對
現代占星學的影響
Maggie Hyde ◎著
趙婉君 ◎譯

ISBN: 978-986-360-183-8
定價：380元

導讀榮格

超心理學大師
榮格全集導讀
Robert H. Hopcke ◎著
蔣韜 ◎譯

ISBN: 978-957-8453-03-6
定價：230元

榮格：思潮與大師經典漫畫

認識榮格的開始
Maggie Hyde ◎著
蔡昌雄 ◎譯

ISBN: 987-986-360-101-2
定價：250元

大夢兩千天

神話是公眾的夢
夢是私我的神話
Anthony Stevens ◎著
薛絢 ◎ 譯

ISBN: 978-986-360-127-2
定價：360元

夢的智慧

榮格的夢與智慧之旅
Segaller & Berger ◎著
龔卓軍 ◎譯

ISBN: 957-8453-94-9
定價：320元

神話學

喬瑟夫．坎伯 Joseph Campbell

20世紀美國神話學大師

如果你不能在你所住之處找到聖地，
你就不會在任何地方找到它。
默然接納生命所向你顯示的實相，
就是所謂的成熟。

坎伯與妻子珍．厄爾曼

英雄的旅程

讀書人版每週新書金榜
開卷版本周書評
Phil Cousineau ◎著
梁永安 ◎譯

ISBN: 978-986-360-153-1
定價：420元

神話的力量

1995聯合報讀書人
最佳書獎
Campbell & Moyers ◎著
朱侃如 ◎譯

ISBN: 978-986-360-026-8
定價：390元

千面英雄

坎伯的經典之作
中時開卷版、讀書人版每周
新書金榜
Joseph Campbell ◎著
朱侃如 ◎譯

ISBN: 957-8453-15-9
定價：420元

坎伯生活美學

開卷版一周好書榜
讀書人版每周新書金榜
Diane K. Osbon ◎著
朱侃如 ◎譯

ISBN: 957-8453-06-X
定價：360元

神話的智慧

開卷版一周好書榜
讀書人版每周新書金榜
Joseph Campbell ◎著
李子寧 ◎譯

ISBN: 957-0411-45-7
定價：390元

美國重要詩人內哈特 John Neihardt傳世之作

巫士詩人神話　長銷七十餘年、譯成八種語言的美國西部經典

這本如史詩般的書，述說著一個族群偉大的生命史與心靈史，透過印第安先知黑麋鹿的敘述，一部壯闊的、美麗的草原故事，宛如一幕幕扣人心弦的電影場景。這本書是世界人類生活史的重要資產，其智慧結晶將爲全人類共享，世世代代傳承。

ISBN: 986-7416-02-3　定價：320元

國家圖書館出版品預行編目(CIP) 資料

魯米詩篇：在春天走進果園/ 魯米(Rumi)著；
科爾曼・巴克斯(Coleman Barks)英譯；梁永安中
譯 -- 四版 -- 新北市：立緒文化, 民111.03
328 面； 14.8×23 公分. --（新世紀叢書）
譯自： The Essential Rumi
ISBN 978-986-360-171-5（平裝）

866.51　　　110002369

魯米詩篇：在春天走進果園（第四版）

THE ESSENTIAL RUMI

出版——立緒文化事業有限公司（於中華民國 84 年元月由郝碧蓮、鍾惠民創辦）
作者——魯米（Rumi）
英譯——科爾曼・巴克斯（Coleman Barks）
中譯——梁永安

發行人——郝碧蓮
顧問——鍾惠民

地址——新北市新店區中央六街 62 號 1 樓
電話—— (02) 2219-2173
傳真—— (02) 2219-4998
E-mail Address —— service@ncp.com.tw
劃撥帳號—— 1839142-0 號 立緒文化事業有限公司帳戶
行政院新聞局局版臺業字第 6426 號

總經銷——大和書報圖書股份有限公司
電話—— (02) 8990-2588
傳真—— (02) 2290-1658
地址——新北市新莊區五工五路 2 號
排版——菩薩蠻數位文化有限公司
印刷——尖端數位印刷有限公司

法律顧問——敦旭法律事務所吳展旭律師

分類號碼—— 866.51
ISBN —— 978-986-360-171-5
出版日期——中華民國 87 年 2 月初版 一刷（1 ～ 2,500）
中華民國 87 年 6 月～ 101 年 7 月二版 一～五刷（1 ～ 5,100）
中華民國 103 年 4 月～ 105 年 2 月三版 一～二刷（1 ～ 2,500）
中華民國 110 年 3 月～ 111 年 7 月四版 一～二刷（1 ～ 1,300）
中華民國 113 年 6 月四版 三刷（1,301 ～ 1,800）

定價◎ 390 元（平裝）

姓　名：

地　址：□□□

電　話：(　　)　　　　傳　眞：(　　)

E-mail:

您購買的書名：______________________

購書書店：__________市（縣）__________書店

■您習慣以何種方式購書？

□逛書店 □劃撥郵購 □電話訂購 □傳真訂購 □銷售人員推薦
□團體訂購 □網路訂購 □讀書會 □演講活動 □其他______

■您從何處得知本書消息？

□書店 □報章雜誌 □廣播節目 □電視節目 □銷售人員推薦
□師友介紹 □廣告信函 □書訊 □網路 □其他______

■您的基本資料：

性別：□男 □女　婚姻：□已婚 □未婚　年齡：民國______年次
職業：□製造業 □銷售業 □金融業 □資訊業 □學生
□大眾傳播 □自由業 □服務業 □軍警 □公 □教 □家管
□其他______________________
教育程度：□高中以下 □專科 □大學 □研究所及以上
建議事項：

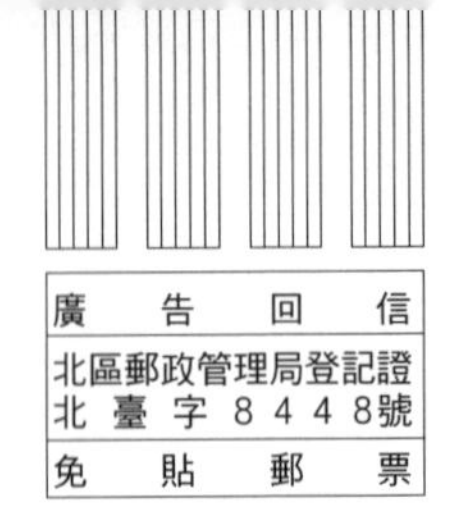

愛戀智慧 閱讀大師

立緒文化事業有限公司 收

新北市 2 3 1

新店區中央六街62號一樓

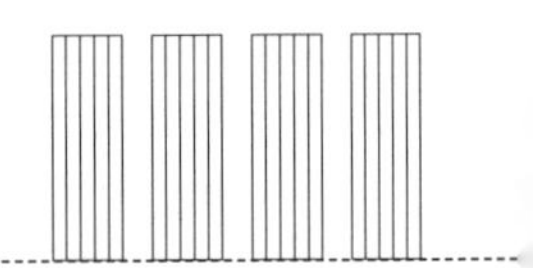

請沿虛線摺下裝訂，謝謝！

感謝您購買立緒文化的書籍

為提供讀者更好的服務，現在填妥各項資訊，寄回閱讀卡（免貼郵票），或者歡迎上網http://www.facebook.com/ncp231即可收到最新書訊及不定期優惠訊息。